另一种雪

苏雨景 —— 著

长江出版传媒　长江文艺出版社

苏雨景

中国作家协会会员，中国作家协会第九次、第十次全国代表大会代表，山东省作家协会第五批签约作家。作品见于《诗刊》《人民日报》《光明日报》《山东文学》等报刊。出版诗集《月过窗棂》（2015年，山东画报出版社）、《苏雨景诗选》（2016年，群众出版社）。

目　录

辑 一

万物都在爱里

该怎么书写

我不知道该怎么书写那些江河
铺开纸，波涛的颤抖就在眼前
紧贴着我的每次呼吸，每次心跳
横亘于笔端，苍茫，雄浑，如一部大书

我不知道该怎么书写那些土地
它们黑如瞳孔，黄如肌肤，红如血脉
用哺育淹没劫难，用慈悲点亮灯盏
善待万物，就如同善待自己的子嗣

我不知道该怎么书写那些稻菽
丰饶抑或贫瘠，都不能阻止它们
借助太阳的光辉孕育果实，延续命脉
它们一次次献出自己，才有人类的生生不息

我不知道该怎么书写那些村庄
它们母性的良善犹如星光
照耀着前行的脚印，和梦
照耀着时光深处的嬗变，使我看见了良辰美景

我不知道该怎么书写那些命运
他们在历史的颠沛中制造着美

制造着诗香，墨香，酒香，梅香
制造着东方风骨和精神世界的高贵

我不知道该怎么书写那个未来
每一方沃土，都有迷人的炊烟
每一条道路，都有绵延的花朵
我已没有更新的词语，去替代那些山水清音

我不知道该怎么书写我的祖国
借着春风，我悄悄藏起一座火山
它的灼热，是我心底的岩浆
是我准备默默交付的一生

刘集记

从粮囤到灶筒，从脊瓦到地窖
一粒火的种子被刘世厚藏了又藏
在刘世厚眼里，这不是普通的种子
这是命，是满门被抄的刘考文
也是死在白浪河边上的刘良才

那一天的刘集血流成河，日本人见人就杀
见房就烧，好不容易跑出村子的刘世厚
却又不要命地调头往回跑
他家的茅屋被烧了，他耕田刈麦
耗尽半生的血汗换得的茅屋正在燃烧
望着满目疮痍，他把嘴唇咬出了血
然后，一头扎进火海中
当他把那粒被油纸包裹着的种子
重新揣进怀里的时候，他感觉胸口在发烫
发胀，整个人瞬间燃烧了起来
火借风势，呼啦啦点燃了刘集
接着是广饶，接着是渤海之滨
是黄河两岸，那一场铺天盖地的大火啊

多年后，世事太平了
刘世厚从山墙的雀眼里把火种取出来

先是用蓝布包好，放进家传的小漆匣
再装进大箱子，这里三层外三层包着的
谁都不能看，谁都不让碰
就这样，一根拐杖搀扶着刘世厚
刘世厚紧拥着那个宝匣
宝匣里的火种温暖着八十二岁的残年
他们途经大片正在拔节的青纱帐
途经千树鸟鸣，和一些安详的村庄
一起来到了修葺一新的镇政府
面对党旗，他用尽全身的力气捧起了宝匣
就像捧起了农民刘良才、刘考文的肉身

我的城池我的血（组诗）

朗茂山上，听远去的枪声

踏春人的脚步行至这里，就变轻了
这是一片旧址
几段残垣，仍可以复活当年的战火

周末的黄昏，当我来到他们中间时
落日已经把一些悲壮的情绪移植到他们体内
他们骨头里的扳机正发出咔咔的响声

这也引爆了我，就像是
他们当中有一个我，或者我的前世
我们一起对峙着一场决绝和生死

我的呼吸和心跳都在加剧
我看见了自己刺刀般的目光
我迎着弹雨向前冲，像一块抛掷出去的山岩

一颗子弹洞穿了我，但我没有倒下
那些年轻的躯体都没有倒下
郎茂山上，成片青葱的松林正挺立着，挺立着

无名烈士墓，英雄山最高的海拔

每走近一座墓碑
就像是走近了一位亲人
此刻，他们酣眠如婴孩
这恰恰触疼了我
他们走过的是最苦的长路
而此刻所拥有的，却是最小的房子
作为后来人，我们怎么可能避开他们
而谈论广厦

不由想起了刘立云的诗
我效仿着在心底呼喊他们的名字
多希望花开至荼蘼之前
他们能以英雄的名义重生
并悉数收下这些美，和美的意义

梨花如雪，草色如碧
这些明明都是他们的财产
阡陌交错，山川起伏
这些明明都是他们的领地
他们两肩清风，安于一隅
便已富可敌国

英雄山不高

墓碑就在半山的松林中
这并不妨碍他们成为此山的极顶
越来越繁华的世间
除了他们，没有谁能用安静的鼓槌敲击人心

王尽美，青年的样子

谁说百无一用是书生？
春风一来，你这棵乔有山长大的苦藤
就亮出了新蔓，死灰般的大地
它的春天是被你的生机点燃的
被你的豪情点燃的

接下来的日子里
你用尽气力去拨亮这一团火
你把南湖的晚霞放进火里
把辅德里 625 号的灯光放进火里
把山海关的晨曦放进火里
你把自己 27 岁的生命燃尽了
却把一个世界照亮了

如今，养育你的潍河水还在
你的村庄还在，你求索的脚印还在
它们年复一年，以更加葳蕤的姿态
固守在你的原点
固守在使命的本质里

一起见证着你的沧海桑田，大爱人间

解放阁，城市画布上的朱印

明人胡缵宗写"金汤沃野还千里，
春满齐州花满川"的时候
这里还不是济南战役的攻城突破口
还没有 3764 个烈士的名字

如今，这些名字正与一座城市朝夕相处
他们从不说话，只用眼神传递爱
经历过战火纷飞的人
都是最为深沉的物种

护城河边，解放阁状如静置的名章
日光的印泥加深了一个城市的内涵
熙来攘往的人们正频频侧目
近距离思考着这个伟岸的隐喻

多么令人骄傲，一个把历史奉为冠冕的城市
必定比所有生命都顽强和古老
而作为她的子嗣，我低下头
便会看见自己血脉里涌动的红

秦培伦，放羊的少年举起了鞭子

洪范池边的土堰上，放羊的少年举起了鞭子

向着天空狠狠抽打
他要驱走寒冷，贫病
驱走压在人间的巨石
可他没能如愿，父亲还是被抓去做了劳工
少年的日子更苦了

洪范池边的土堰上，放羊的少年举起了鞭子
带着父亲留给他的种子，少年上路了
这粒种子，有时被他藏在羊身上
有时被他藏在柳条筐的青草下
有时被他吞进肚子里
种子是他的命，种子就要破土而出了

洪范池边的土堰上，放羊的少年举起了鞭子
这肉身的鞭子，信仰的鞭子
中国少年的鞭子！刽子手的屠刀前
他手中高举的鞭子仿若火炬
引燃了更多烈焰的熊熊之姿
所经之处，一切都化为了灰烬

如今，在洪范池边的土堰上
被玫香浮起的往事越来越清晰
我仿佛看见，放羊的少年重又举起了鞭子
他身形清奇，容颜俊朗
正追着春风，放牧他的羊群
就像是阔别多年的神灵来到了白云之中

大峰山下，历史烟尘里的草民

何为草民？
像杂草一样弱小，但生命力顽强
附着于土地，不称著于庙堂的人

如果不是 1937 年的济南沦陷
大峰山下的这些草民仍然会寂寂无名
就像满山遍野的青草、野草、茅草一样
春天开花，秋天结籽，自足一生

是侵略者的枪口把他们逼到了历史的镜头前
所以，小屯村的杜鹤泉拿出了私藏的枪支
年轻的后生背上它去杀鬼子了
所以，阁楼村魏立政的地窖里点起了第一盏明灯
这颗启明星把鲁西大地的暗夜照亮了

那个年代，大山里的草民家徒四壁
他们食不果腹，但依然捐物捐粮捐亲人
没有这些草民
这里走不出 13.8 万个血性的士兵
没有这些草民
这里走不出 400 位骁勇的将领

借着草民们给予的食粮和劲风

大峰山革命根据地的火势开始燎原
有谁能够否认
这些面朝黄土背朝天的草民
不是中国革命的真正母亲？

如今，大峰山下草木繁盛
灯火安详，历史的烟尘隐现
遮蔽了草民们的容颜
却遮不住他们用粗糙的大手
和野火烧不尽的意志复活的新世界

泉水，奔向历史的深流

唯有水，可以浇灭一座城市周身的火
唯有水，可以擦拭一座城市心头的血
唯有水，可以填平她所经历的沟壑
唯有水，可以阻隔意图伤害她的箭矢

所以，她在母性的水中避难
她在桀骜的水中永生
这可叹的水，可歌的水
这沉下去的是泡影，浮上来的是永恒的水啊

唯有这水
可以把人民的怀念变成浪花涌向你
把齐鲁大地的落日变成铜镜映出你

也唯有这水，可以长命无衰竭

把你的故事变成河，百转千回

奔向历史的深流

沂蒙纪事（组诗）

狼毒草从春天里抬起头来

风向南吹，它们呈正面仰攻的姿势
风向北吹，它们呈向下俯冲的姿势
它们的躯干血脉清晰那么像一群人
它们从石隙间探出的头颅那么像一群人
它们的叶片旌旗猎猎那么像一群人
它们的呐喊波起云涌那么像一群人

五月的汶河　红色的流水头也不回
那些逝去头也不回
把空出来的河山
交给这一片神奇的物种
它们用发达的根系保持着当年的青葱
静待一声突如其来的号角

沂蒙腹地，大朵大朵的晴朗自天而降
狼毒草从春天里抬起头来

所谓崮

当它撑开一张八仙桌的时候

一切是敦厚的，橡子树藏起一半鸟鸣
月光擦着山脊，犁铧翻出的泥土
散发着清香，新沽的酒并没有那么烈
醇和如沂蒙人交出的肝肠

当它收起这张八仙桌的时候
绝壁上的轻霜正寒光凛凛
猛虎在石壁间练习腾挪术
一层层藤蔓制造出的天罗地网
越蓊郁，越决绝

其实，沂蒙 72 崮不过是个虚数
日复一日，因为与它们的相守
沂蒙人的内心就有了岩质的纹理
虽然这并不意味着美，但它坚硬，炽热
在那场严寒来临之前，他们就是靠着
体内的岩浆熄灭了一场暴风雪

火线桥

那些女子
有着桐花一样的美丽灵感
她们将漫天的硝烟喝下去暖身
在三月的河流里制造浪漫

那些女子

撕下小心养育的矜持，呼啦啦地跳下去
将身体与河水合为一体，将花朵与花朵
拼接成黎明前娇艳的盛开

那是世上最卑微的桥
一群乡间的妇人把自己设计成了桥墩
那是世上最崇高的桥
河水的冷，肩上的疼都比不过心里的梦
那是世上跨度最长的桥
百转千回，在历史的册页里无限地延伸

无名碑

一座碑有两扇门，我站在门口
读里面深不可测的眼神
越长越密的树叶，伸手将我抱紧
像抱紧一个失散多年的亲人

日光斜照下来，掀起的涟漪
隐藏了许多雷鸣，它们不时轰轰作响
一声声楔入现实，风吹草低
无数双挥动的手臂让春天更加热烈

它们从我的眼前开始
不断地往深处绿，往深处绿
这些难以预测的隐喻

使无名比无字还要幽深

一个叫渊子崖的村庄

苍天厚土之间，渊子崖
不过是一缕寻常烟火
俯首田亩，刈麦种粟
心平气和地看牛羊入栏，倦鸟归林

如果不是硝烟代替了炊烟
如果不是桐花难开，鸡犬难闻
他们怎么也不会用自己的断裂
来戳那个乱世的命门

其实，这块土地上的人
一出生就是一座山，嶙峋，坚硬
站着是一座山，倒下是一座山
沉默或者暴怒，完全取决于内心的热爱

其实，我只是一个旁观者
借着世事太平，风调雨顺
来拜谒这些面目平静的山峦
此时，他们正臂膀挽着臂膀，身躯挨着身躯
仿佛一个村庄的前生和惊雷

沂蒙小调

宋守莲一开口
小推车的轴辘就"吱呀呀"地
响了起来，战火散处
推车的农民露出黑红的面庞
火线桥下的妇人
已从冰冷的河水中抽出肉身
春风正一遍遍为她们驱走湿寒
巧手的村姑在一针一线地绣
桐花即将在她们手上吐出香气
王换于怀中早亡的孙子
他紧闭的眼睛，正通过花瓣慢慢打开
小心翼翼地探视这个崭新的世界
小战士的伤口早就结了痂
正在村口的橡子树下，泪别聋哑的乳娘

锋利的刀戟已经入鞘
光阴铁了心，要锈蚀掉它们

沂蒙母亲

没有比母亲更辽阔的名词了
甚至大地，甚至天空，都比不了那样的辽阔
整整一个午后，我被这个名词温暖着

直到夕阳西下，直到流出泪来

没有人告诉我，你是不是眉目慈祥
这不妨碍我三番五次地设想
你脸上的愁苦，鬓间的风霜
硝烟四起的饥馑之年啊
卖掉三亩薄田和献出四个骨肉
哪一件不是悲壮之事
你悲壮地把自己投入深渊
悲壮地在深渊里点燃薪火，那噼啪的燃烧
和你一样从容，和你一样火热

任何一座雕像都临摹不出你的全部
你端坐沂蒙脚下，守望着岁月
岁月静好，踏春的人们正接踵而来
他们小心翼翼地经过你的面前
仿佛因你的辽阔重生了一样

想喊一声"母亲"

母亲，来看你之前
我已走过了喧嚣的人海
如今，在你的雕像前
在你慈祥的目光里，我竟如倦鸟归巢

尽管你的生命已融入了岩石的纹理

融入了你的归属之地
尽管垂天的云瀑不再染有呛人的硝烟
峻拔的群峰不再回响冲杀的号角

尽管射向深林的，不再是稠密的炮火
而是霞光，尽管我已置身于
你不曾见过的新天地，这一切
都不妨碍我再喊你一声"母亲"

把奄奄一息的战士抱在怀里
用乳汁活命的，不就是母亲吗？
像护住血脉一样护住革命人后代的
不就是母亲吗？

母亲一直居陋室，母亲不曾有华服
而母爱是宫殿，盛满了取之不尽的瑰宝
当我借着沂蒙开阔的景深
向你躬身，心中一下子布满了光

马先蒿开满高原 (组诗)

一只鹰，肃立在高原

在开满马先蒿的高原
孤零零的客栈上方
我们良久对望，彼此无言
分明是两只表象无趣、内心狂热的物种
不然，你不会生在高原，几经轮回
我不会走向高原，义无反顾

我这个平原上长大的女子
生就一颗平展之心
多年了，我一直不得不仿效你
一次次走向暴戾的风雪，一次次折翅
我依靠这些生命的历险建立陡峭
再造立体和幽深

我们都有无法尽述的疲惫
但，我们也都有尚未完成的旅程
八月的草原遍地火焰
适合表达激情
那，就带上我一起飞吧

我们一起用抖落的羽毛
来轻蔑那些困厄的瞬间

高原暮色

深陷素静之中，也依然是
用阳光融化过我的高原
用野花亲吻过我的高原
用大风拥抱过我的高原
用圣水濯洗过我的高原

深陷素静之中，也依然是
用秘而不宣的慈悲
把中年之前没有过的心跳
加倍归还于我的高原

深陷素静之中，也依然是
令我抖落满身的残雪
和隐痛，向着高处飞升的高原

医生的眼泪

在海拔四千米之上的杂多
白色的云朵和紫色的飞燕草
一起簇拥着我们
我们用夹杂着海风的乡音交谈

你突然就流泪了
我也流泪了——

咸涩的黄海挂在我们脸上
很想写出那样的海水
写出一个母亲的牵挂
就是写出了一个女人的深邃
写出一个女兵所亲历的风雪
就是写出了不一样的美

而如果，如果因为我的书写
更多的人看到了这位奔走于高原的女兵
和她镜片后面的那片海
我将一生都倍感辽阔

毡房升起炊烟

暮色之下，车轮落进晚霞
苍鹰归于辽远
牛羊酣眠的地方
白色的毡房正藏起一个幻梦

炊烟升起来了，缓缓地
向草场的尽头飘
一不留神，被流水的长调绊倒
那俯身下去的样子

多像是一个拖着长裙的卓玛

贴着青草磕下了长头

摔断肋骨的援青军医于大海

——没有关系，我只是不能打绷带

缺氧的高原实在令人窒息

——没有关系，54 岁不算什么

只要与我的队员在一起

我的草场就永远是旺季

——没有关系，我只是不能展开臂膀模仿雄鹰了

但，鹰可以在我的胸腔里飞

——真的没有关系啊，我不能撤下去

这里的每一棵牧草都是我的肋骨

这里的每一杯奶茶都是我的良药

大金瓦殿前

那天，大金瓦殿的台阶上

乌云的僧袍停在凡俗的界碑

透过密实的人群

我看见对面有几个磕长头的人

他们置杂沓的人流于不顾
置各异的目光于不顾
置高原的雨水于不顾
眼观鼻鼻观心心观自在

他们一次次匍匐下去的样子
让我觉得愈发沉重
仿佛我因为怕雨而撑起的雨伞
因为怕冷而紧裹的外套
因为怕黑而备好的暗箭
都是厚厚的红尘

巴塘草原的骑兵

那些马奔跑时，鬃毛像经幡
他们就是从这些飘扬中获得勇气
并找到自己

他们给每一匹马起名
每个名字里都有儿女的属性
或兄弟的情谊

他们能打开马的城堡
并为进入到一匹马的内部而喜悦
而战栗

他们用马蹄铁与寂寞赛跑

像脱缰的箭矢，燃烧的利刃

像激越的大海，汹涌的森林

他们奔跑，把浪花倒出来

把松涛倒出来，把最好的年岁倒出来

在祖国的高处，留下了青春的海拔

高原上的羊

一生只见过一个人

这并非就是悲哀的事情

它见过无数花朵

品尝过无数青草

痛饮过无数清泉

它的一生，都被高原宠爱

没有哪一个人，能够像它一样纯粹

除了朝夕相伴的牧人

它视所有来者为宿敌

为侵略，它容不下一切凡界的喧嚣

车行晴日，倒退的景深

把它们变成山坡上散落的云朵

它们俯身，虔诚地啃食每一寸草

体态优美，犄角闪着神性的光

这朴素的生命，是我穷尽一生
也无法抵达的远方

牧马人

安于寝食，安于眼里的山水
与命运在哪里相遇，就在哪里生死相亲
他把自己的一生，捆在马背上
一生难得远行的汉子，只在神性的草木间穿行
马蹄声声，起点是一片白桦林
终点，是另一片白桦林

他是个单调的男子，沉默寡言
日复一日，守着一处草场与一面湖水
所有的爱情，都充满青草的味道
清晨也好，黄昏也好
牧马，饮酒，看云，想念心中的卓玛
平静舒缓，却有着苍茫的快乐

高原归来

数个黄昏，站在余晖里
我只愿意重复一件事

把眼前的绿意和你的草场相比
把密布的灯火和你的毡房相比

把世俗的味道和你的炊烟相比
把模糊的云朵和你的牛羊相比
把轻浮的飞鸟和你的雄鹰相比
把低回的灵魂和你的经幡相比

这样的类比使我陷入更深的绝望
我确信，我已告别天堂
重返了人间

西行记

河西走廊

河西走廊是一部大书

行走其上，就是翻开了厚重的页码

并开始粗粝的阅读

先是读绵延千里的祁连

读它从森林向沙流的缓慢蜕变

读生生不息的芨芨草

读它们被大漠映衬得格外明媚的红色小脸

读打碎了沉寂的声声驼铃

读它们一下下荡开去的无限清越

然后读人，读男人也读女人

读男人如读大漠

从刘彻到张骞到霍去病

他们无一不身披战甲

战甲上有沙尘浸染的浑黄

也读女人，读女人如读红柳

从且末王后到解忧公主

到张骞身后的那个匈奴女人

如此颠沛的日子里

她们怎样在马背上孕育自己的花朵

一路走来，鸣沙山的沙鸣声
已不是沙鸣声，是兵戎相见的厮杀
沙粒已不再是沙粒
是群居的亡灵
长河日落也已不只是落日
是残阳如血
只有大漠孤烟，依旧是大漠孤烟
是干涸少雨的岁月里
延续命脉的脐血

骑骆驼的众神

骑骆驼的人中
有僧侣，有胡商
有远嫁的公主，平西的将军

他们无惧黄沙漫漫
却最怕月光照在骆驼身上
如此慈悲，一副亲人的模样

去路苍茫，归途遥远
毋庸置疑，历史欠这些走驼之人
一个安稳的故乡

骆驼行走在大漠上
行囊里的碎银和瓷器发出各自的声响
它们和驼铃声一样
都是风沙无法掩埋的微光

尽管风的流速把山体修葺一新
鸣沙山下，我还是看到了
很多骆驼在歇脚
还是看到了骑驼的众神

张骞突围

我走过的路太长了
长过绵延的祁连
每一个马蹄都是刻在河西走廊的朱印

我熬过的夜太黑了
当所有的沙砾都停止迁徙
没有一颗星星可以让我安睡

戈壁的冬天太冷了
我只有怀揣长安
怀揣心中的暖炉

匈奴的铁骑太快了
这彪悍的闪电

却从未踏入过我内心的一寸领地

生于边塞的女人啊
十多年了，只有你知道
我是命属中原的贼子，我那么感激
你为我而起的萧墙之心

今夜，能不能突出重围
我都要把遥远的母国往悬崖处爱
娘子，趁着月暗霜重
请你，请你抓紧我的马鞍

霍去病，亲爱的少年

亲爱的少年，你竟然先于我这么多年
抵达乌鞘岭，焉支山和山丹牧场
你不乘绿皮火车
只骑战马

彼时，乌鞘岭的风更高
焉支山的雪更重，山丹牧场的草更长
这一切，都是为你所备
还有，那难以翻越的隘口
匈奴布下的刀阵
长城烽燧的狼烟
都是为你所备，这一切

都适合一名少年去策马扬鞭

亲爱的少年，除了你
没有谁的灵魂是河西走廊的形状
没有谁的坟墓是祁连山的模样
只有你的热血与豪情，才配
与戈壁风沙的苍茫浑然一体

亲爱的少年，当我大踏步走在
戈壁晨曦打开的通途
我的耳畔一直回响着
那首悲凉的匈奴降歌
那令你情不自已的——
"亡我祁连山，使我六畜不蕃息
失我焉支山，使我妇女无颜色"

莫高窟太大，我只说这一方石壁

这一方石壁，可以大有作为
大旱之年，可以凿出一汪清泉
战乱之时，可以凿掉敌人的半个头骨
西出阳关，可以凿去塔克拉玛干沙漠的戾气
先人归去，可以凿成漫天的佛光

当冰冷的石壁遇见火热的信仰
肉身、魂灵、剑戟都找到了安身之所

仿佛一切，都听命于一只紧握钎锤的大手
仿佛雕凿之痛，是一种超度
仿佛每天死去的，每天又在复生

他们依托山势，长成可供瞻仰的圣殿
任岁月把自己剥蚀了一层又一层
昏黄的光影中，尽管我努力辨别
也只是看到了，他襟上有风霜
心中有禅音

一棵左公柳，就是一片历史的浓荫

柳湖边，依然风高沙重
一位行将就木的老人在种柳
他种柳，想用三千里杨柳的细叶
把春风引入玉门关
他种柳，想用戍边将士的干云豪情
治愈晚清的昭昭疮痍

他用镐头去刨沙石
因为干涸，他的双手皲裂
因为苍老，他的青筋暴突
他一次次俯身，用残年挽扶幼小的树苗
试图借用它们的生机把荒凉逼退
领着贫弱的朝代一步步摆脱寒冬

累了的时候，他特别想倒在
大漠的悲情里
关闭人生，关闭浮沉
化身为河西走廊的一条暗河
与一株古柳互为根系

临松薤谷，时光的虚怀如此幽深

是郭荷的临松薤谷
是郭瑀的临松薤谷
也是刘昞的临松薤谷
这挽歌一样的偏隅之地
有茂林接住飞鸟
流水倒映奇峰
多么好的避世之所
进入它，就可以获得清凉的视界

在这里，我看到了
被一场微雨打湿的岩羊
它就躲在一丛沙棘的后面
我看到了洞窟已风化，陶器已破损
而寒夜秉烛的书生还在
他谈经论道的回音还在
他弃下的忽明忽暗的炭火
还在时间的炉内散发着余温

尘世苍茫，纷争的纷争
修行的修行
总有一些人虽生犹死
也总有一些人向死而生
你看，历史的记忆
多么清醒，多么深情

胡旋舞是一种什么舞

担纲此舞的
必是盛唐最好的舞者
穿最白的罗衣
持最软的绢带
唯如此，才会映衬出大漠的浑黄与器宇

要用止不住的青春旋转
制造命运的旋涡
那令人惊心动魄的
直到足尖儿有沙尘飞扬
有因为抗争而掀起的排浪

还要有突然的停止
就如乐曲中的一个附点
恰是最堪回味的细节
供人屏息凝神，去听
柔荑的指尖拂过月牙泉的清流

其实，做一个舞者与做一位诗人一样
都是莫测的。其实
我所表述的，并非就是胡旋舞
而是我站在 220 号洞窟前
对"净土"一词的虚构与临摹

《屯垦图》中，那些温顺的庶民

不要忽略这些庶民
这些采桑的，狩猎的，酿造的，驿传的
中原的麦黍粟豆，都是他们播种的
西域的苜蓿葡萄，都是他们收摘的

他们左手扶犁
翻开热土，释放内心的野火
他们右手扬鞭
抽打困厄，留下清脆的绝响

不要忽略这些庶民
他们并非仅仅是嘉峪关墓穴中的一方画像砖
他们就是魏晋，就是盛唐
就是戈壁的绿洲，大漠的甘泉

仿若故国

这里，不可以有一丝一毫的改变

假如把绿洲引来
那株骆驼刺定会带着它的倔强离开
假如把群鸟引来
那只苍鹰定会带着它的高远离开
假如把清泉引来
那片黄沙定会带着它的苍凉离开

真的，这里不可以有一丝一毫的改变
这长河垂下的落日
这大漠托起的孤烟
这阳关残存的寂寥
都不可以有些许篡改

不然，当我感觉中原太小江南太腻
皆容不下壮士之心
我该怎么一路向西
身披残阳的铠甲，回归灵魂的故国

超然台上听鹰翔

掬不起的一轮江月，你交给了诗
躲不过的一蓑烟雨，你交给了诗
噙不住的人世悲苦，你交给了诗
你把受不起的，都交给了诗
世道负责残缺，诗负责完整
而你，只负责对列队而来的一切豪情一片

如今，在这里，我又目睹了你用玄色诗句
放飞的一只苍鹰，它孤绝天下
成为时间上空的乌云，成为高处的喻体
随便一个闪电，都会大雨倾盆

从西湖的锁澜桥，到密州的超然台
我们不断地在春天相遇，又别离
小北风纷乱，我不敢哭泣
楼台上人迹模糊，深不可测
我从喧哗里探出腰身，望向远方
望向一个人的须眉、锦帽与貂裘
望向千骑卷过的平冈
我似乎听到了一双翅膀划过的啸音
苍鹰飞翔的地方，就是你的永生

访范蠡祠

五月无风
范蠡祠立在微雨中
我来自齐鲁，他去了山东
我举着上古的茶香
却找不到可以对饮的人

吴越的子民已喜结秦晋
流水记下的山河破损
已被花儿们治愈，那些花儿
开始是一朵，后来是陶朱山
再后来是整个江南
当年的战火算是白燃了一回

如今，我长途跋涉
来叩范蠡的门
无关吴越之争，无关商圣之道
只关乎历史的烟尘派生出的爱

算了，邀约未果，
日后湖上遇见了，定多喝几杯
但我，不做红颜的西子
不拿美貌做交易

肉身换不来干净的江山

长长的浦阳江
从不缺捣衣声，这人间的梵音
意味着神灵在场，意味着
我也有一段刻骨的深情通往未来

苏堤怀苏子

哥哥，汴梁风高
你只好来到江南
江南温婉，没有彻骨的冷
没有人挥动皮鞭，抽打诗人的血肉
这里的绕指柔，月光一样
能抚平一部分破碎

从南屏山到栖霞岭
你挖出一锹一锹的葑泥
筑泥为堤，再种上红的桃、绿的柳
春风一来，这些动情的小家伙儿
便发出芽，发出你给的血脉
它们手挽着手，像彼此的焰火
照亮另一种天堂

这符合你的烂漫
也符合你的一次次重生
锁澜桥上，你散发如风
微笑若莲，眼前是一片微风拂过的春水
涟漪密密麻麻
像是要把你埋进去

哥哥，站在你伫足的地方
遍地都是你种下的诗句
这些受难的种子带着你的体温
正夹岸盛开，我不禁流泪了
真想变成其中的一树
在你孤单的时候，好让你看到深情的春天

想去北方看一场雪

想去北方看一场雪，一场真正的大雪
在松辽平原的腹地，在冰砬山的脚下
在樟子松和云冷杉丛生的地方
看一场雪，一场真正的大雪

那里，有无数条被雪遮蔽的小径
通往山猫和狍子的隐居
它们衣食无忧，正趁着大雪酣眠
原野之上，白桦林静若处子
任由我一树白一树白地尖叫过去

悬垂的冰凌如银锭，好想拿它们
去沽松辽平原上殷实的光阴
哪怕做一棵桔梗也好啊，抑或五味子
在黑土地的怀抱中安享一生
仿若一片雪花活在一群雪花里

我该拿什么来形容
那些低飞的翅膀，那些山雀、松鸦
它们自由地来，优雅地去
碰落的松果立刻被雪野接纳
就像我被这个冬天紧紧搂在怀中

想去北方看一场雪，一场真正的大雪

和大雪过后的旷野

想目睹一颗尘世之心

如何在一场大雪的喂养中

洁白起来，温暖起来

紫菀花，开在风霜的边缘

八月末的科尔沁，很多花已美人迟暮
紫菀，正开在风霜的边缘
仿若芸芸过客中，鲜见的主人

她们散落在初秋的青草间
朴素，宁静，细小
恰好可以烘托草场的辽阔，雄鹰的高远

风吹，她们便举杯邀露
风住，她们就孕育花籽
用命运析出的水晶向草原敬献珍宝

她们知道，不高估自己的美色
不寄望于世间虚相
就不会有薄命的红颜

事实上，她们比我们肉眼所见更为痴情
她们避开盛夏，避开繁花的旋涡
就是想成为风雪抵达前，科尔沁最美的恋人

草原多良驹，那些马奔跑的样子迅疾如电
我清楚地看见，马蹄踩下去的瞬间
紫菀安详的笑脸迎了上去，类似于殉道

蒙古包里听虫鸣

初秋的草原
白昼多巧云，夜晚多虫音
这些声音先是从草际传出
接着，又从余晖褪尽的大地上升腾起来
先是填满空旷的扎鲁特草原
接着，又尾随月光流淌进我的蒙古包

这令我也发出不自觉的和鸣
一声高于它，一声又低于它
但，始终在它的旋律里

这里没有宿敌，可以放下戒备
安然入梦。这样想着
我这个满面风霜之人
心头的块垒轻了，眼里的雾霭散了
仿佛我所在的不是原野，而是一个摇篮
每一声虫鸣都是母爱的颤音
仿佛我所经历的，它都知悉
我们只依靠歌唱，就可以消解过往

虫鸣的抚慰下，我仿若婴孩
梦里，那些曲调因为过于温柔
而化成了西辽河的流水

关于长调的臆断

没有见过太阳的勒勒车吱呀呀碾过草尖儿的人

唱不了长调，他的声音里缺少熊熊的火焰

没有见过月光为蒙古包献上圣洁的哈达的人

唱不了长调，他的声音里缺少款款的深情

没有见过野花一朵一朵开满草场的人

唱不了长调，他的声音里没有蓬勃的生机

没有见过大雪一片一片封锁牛羊的人

唱不了长调，他的声音里没有悠长的寂寥

没有在马背上披星戴月的人

唱不了长调，他的声音里缺少风驰电掣的勇气

没有在草原上历经生死的人

唱不了长调，他的声音会被心底隐匿的围墙挡回去

万物都在爱里

在这里，母山羊哺育着羔羊
查干湖哺育着灰鹤和白鲢
扎鲁特哺育着火烙草和马兰花
羊裘哺育着肉身，马头琴哺育着心灵

科尔沁就是一个庞大的母体
每一个生命都在哺育与被哺育之间
泯灭私念，获取喜乐
这是草原一直辽阔的诱因

从历史烟尘里的布木布泰、嘎达梅林
到蒙古包前屈膝挤奶的白发额吉
她们都在哺育中发着光
都在哺育中完成着自己的史诗

在科尔沁，没有比爱更长命的青草
没有比爱更持久的花香
万物都在爱的恩典里
因为，这里有无数个慈祥的母亲

山脉，起伏的龙骨在延伸（组诗）

香山鸟鸣

只闻其声，不见其踪
这些鸟，有难以企及的高度
它们的叫声加深了香山的清幽

它们穿行于群峰之间，乐此不疲地
虚掷光阴，而在气喘吁吁的人们看来
这就是诗与歌

它们诱人的声线，使我也有了鸣叫的冲动
真想用混杂了太多浊气的肉身鸣叫
用咽下了太多风雪的喉咙鸣叫

从云霭的顶端鸣叫
从松林的根部鸣叫
在霞光的巢穴和弦月的幔帐里鸣叫

直到把另一个自己叫醒
直到那个自己"排干了身上禁锢的河流"
踩着被西风斩首的落叶，一步步向我走来

寻百里香未果

秋深了，百里香紫色的火苗已经熄灭
混杂在一片灰烬般的草木中
她又重新变成了赤子

相比较繁盛之时
我不觉得这样的萧索有什么不好
不觉得风吹枯草发出单调的乐音有什么不好

也不觉得久居山中的寂寥有什么不好
不觉得山风一来，有的山柿坠落成一地猩红
而有的依然在枝头高举着一颗避世之心有什么不好

不觉得炊烟里的寡淡有什么不好
不觉得一个杂陈之人折返回最初的味觉
与过去的筵席一笔勾销有什么不好

不觉得即将到来的风雪有什么不好
不觉得一个人借助原生态的大山寻找原点
只为重新进入生命的激流有什么不好

小院里的农妇

农妇黑红的面庞

是太阳无数遍爱抚过的
农妇清澈的眼睛
是山溪无数回清洗过的

我们把她围住，买她的山柿
买她亲手串起的红辣椒
我们还想买她闲置的石磨
买她一口一口喂大的芦花鸡，和鸡笼

我们甚至还想把她放在墙角的劈柴
和黑黢黢的灶台也一起带走
面对她和她的石头院落
我们这群山外来客显得格外富有

可是，一想到她草木般安之若素的心
一想到她坐拥一座深山
像一个俯瞰俗世的君王
我们顿觉囊中羞涩起来

香山晚歌

夕阳即将落入巨大的蚌壳
与山鹊闪进密林里时的耳语
一起构成了苍茫的晚歌

深秋的香山是一只斑斓虎

西风吹拂，它蓬松的毛发
满足了人们对野性的想象

这桀骜的浪漫主义者！
物换星移的人间
它的蛰伏，是一种永恒

山脉，起伏的龙骨在延伸

香山有很多手足
泰山、黄山、狼牙山、祁连山
古老的土地诞下的，并非都是肉胎

从走出沧海的那一刻起，它们就站得笔直
哪怕乌云压得很低
每一块石头的战甲也没有胆怯过

于农人，它们容纳了果实和稼穑
于将士，它们容纳了烽火和英雄赞歌
于信仰，它们容纳了庙宇和朝圣者的脚印

它让很多倒伏下去的流水
依托山势又重新站了起来
它是草木的故乡，也是精神的源头

走在香山之中，有风徐来

推开了地质意义和精神意义的两重山门
放眼望去，起伏的龙骨正在无限延伸

十月，祖国之诗（组诗）

写一首给祖国的诗其实很难

提笔之前，我必须要
先把自己放入她温热的怀中
让她的臂弯轻轻环绕我
我还要把面颊俯过去
贴紧她起伏的胸口

我必须要让自己如刚刚降临
所有映入我瞳孔的
都新鲜且明亮
我还要让鼻端生出乳香
让那些气息成为包裹我的另一层褓褓

我必须仰起头
久久注视她的脸，屏息凝神
让自己成为一个静物
直到母性的河山在她身后次第盛开
直到整个世界都消失了杂音

好了

我终于听到她的心跳了
她的体温也已传递与我
此刻，作为她连体的小儿女
我可以开始对一位母亲深情的赞美了

仅爱一生是不够的

我出生在蒹葭苍苍之地
在这里，我度过了草率的青春
现在，正一步步走向暮年
我还要埋在这里
生年过短，我是多么心有不甘

我的头发柔软
日后，就化作菖蒲吧
化作驱邪的灵草
可以长在涧边，也可以悬于户上
我的臼齿坚硬
就化作香榧果吧
我曾因没有吃到一粒香榧而耿耿于怀
我的来生，就供人唇齿生香吧
至于我的身躯
它来自稼穑又复归稼穑
等于是得其所了

它们一起在春天发芽

在秋天结籽，它们的荣枯
就是我贪婪的又一生

夜空写满多情的诗行

有一些是写给月亮的
从弦月到满月，每变换一种姿势
都会有人用心地记录在册
从玉盘到冰轮到婵娟到素娥
每一个名字都披着月华的丝绸

有一些是写给星辰的
从太白到牵牛到北斗
人们越写越高，越写越辽阔
直到这些诗句组成了另一条银河

还有一些是写给飞鸟的
楚山前的胡雁，阊门外的乌鹊
它们的每一根羽毛上
都沾着大地的气节与愁绪

夜空写满多情的诗行
这些虚幻的天体
不知道自己身处高坛，一味地发着光
有别于刀光剑光
它们的光成就了我们的避难之所

有别于金光银光
它们的光开辟了我们的救赎之地

它们的光不具体
除了光，它们一无所有

雁阵飞离的故乡

村舍举着炊烟
土地举着谷穗
近水举着云朵
远山举着果实
这一切，让十月的原野
被神奇地抬高了许多

大雁在晴空之下列阵
它们的羽毛经由大地的滋养
已变得更加丰满
它们的儿女也已长大
并加入到了高飞的行列
现在，它们正准备一起朝南飞
辽阔的版图已为它们展开了巨幅的行程
它们久久盘桓
像一群即将远行的游子
朝着母亲的方向发出幽深的低鸣

作为万物的母亲

大地又一次完成了抚育的使命

秋风中，因为过于幸福

她不禁轻轻颤抖

浑身都发出窸窸窣窣的声响

余晖的温柔安慰了她

作为慈悲的母亲

她准备在满是落叶的林间

在秋虫越来越稀疏的振翅声中

筹划明春的欢迎盛宴

为此，她打算首先邀请一场雪来

十月的早晨

等长城备好了逶迤的雄姿

大河备好了雄浑的号子

山峦备好了嶙峋的脊梁

十月的太阳，缓缓升起

带着从夜色里淘漉的黄金

带着赶路人精神的盘缠

缓缓升起。她恪守着东方的礼仪

向着每一滴晨露

和每一粒稻谷频频颔首

她耀眼的光熄灭了黑

古老的土地，仿佛被再一次分娩

每一声新生的啼哭，都是对前世的转述

从低咽到高亢

中间的过度蓄满跌宕

使这个早晨，看上去又热烈了一些

借着秋风，我拿起了诗句的刻刀

诗人，如果秋风和遍野的金黄

将你引燃

就拿起诗句的刻刀吧

去塑造一位立体的亲人

你无须美化她脸上的伤痕

无须修饰她被吹乱的鬓发

你无须在美与不美之间摇摆不定

你刻她的眉骨时

不要忽略她忧伤的细节

刻她的眼睛时

要在她的慈悲里看到你自己

刻她发髻时

不要漏掉散落其间的星光

刻她的衣襟时

一定要让上面沾满真实的风雪

相信你，诗人
你内心所蕴藏的火焰
都已传递给了你手中的刻刀
它一定会代你完成一位母亲的不朽

辑 二

另一种雪

春天，就是一场生命的接力

先是金灿灿的迎春
柔软的枝条拉着满弓
射出洞穿严冬的第一支箭
寒凉就此止息。光阴苍茫
总要有人喊出第一声道白
才可以抖开人间的水袖

接着是梨花
大雪一样的，向着天际弥漫
从平原，到谷地、河畔
到处是她明眸皓齿的样子
湛蓝的天空下，成片发光的魂魄
让整个春天布满了经文

然后是桃花
她们有着绯红的脸庞，新奇的眼神
呼啸而来的青春气息
她们在号令下集结，又陨落
为了接近大地，摩肩接踵
轻盈的肉身碰撞出生命的脆响

为什么要写到这场接力

因为她们都有不可复制的凋零
都有化作尘泥的宿命
久久盘桓的余香
以及令人战栗的轮回
都有让我梦里都想喊出口的姓名

不能忽略，家园返青之前
她们隆重地盛开
她们把风雪抱在怀里
把险境抱在怀里的悲壮
现在，她们以这样的方式
与我相顾无言，就是在告诉一个诗人

不要只写清风明月
只写此时最表面的章节
最舒适的段落
还要借助巨大的春风给骏马
以鞍鞯，以长鞭，以驰骋的疆域
以抵达的马蹄铁

将士，我正用诗句替你擦拭祖国的界碑

我的将士，当你把骨头的剑
留在喀喇昆仑的雪中
当他被深深覆盖
他就在这苦寒之地生了根
没有谁能把他从黑色的磐石间拔出来

连同你的青春你的血，都已无法折返
这让我疼痛和战栗，仿佛我一晃动头颅
鲜血就会顺着我的眉骨往下淌
我一挪动躯体，就会惊扰冰河下的魔鬼
它们正伺机钳住我的一只脚

我的将士，我必须记下这样的悲壮
必须让词语去亲历你所经历的缺氧与极寒
必须让它们成弧度地飞过你的巡逻线
飞过每一寸苍凉的领地
然后钉子一样落在你的战位上

我必须记下那里的星光
他们一直站在高原的穹顶
只有雄鹰才可以接近
他们一次次逼退乌云

雪豹和野山羊才有了生存的力量

我必须记下那里的石头
风雪都无法凝固他们的铠甲
稀疏的草木也因此操起了剑戟，他们一起
一边凝视着加勒万河谷的每一阵风过
一边向祖国的春天眺望

我的将士啊，我必须记下那座界碑
记下用体温融化掉界碑上新雪的人
我还要用诗句替你去擦拭，去完成诗人的荣耀
让这块喀喇昆仑山脉最为倔强的龙骨
虽历尽沧桑，仍巍峨嶙峋

另一种雪

又是一场好雪
此刻，我正站在窗前
从这场沸沸扬扬的飘落中
细细辨别着他们

他们落在除夕之夜的灯笼上
明知里面有蜡烛的火舌

他们落在北风眷念的丛林间
明知腐叶之下藏着荆棘的刀阵

他们落在陡峭的山岩上
明知它紧邻莫测的深渊

可是，他们是雪啊，是雪
就必须怀揣奋不顾身的使命
就必须让大地因自己一片一片的缝补
而完整，而洁白

是雪，就必须以命相搏
从枯萎中夺回新蕾，从严寒中夺回温暖
就必须牢牢守护着大地

像众多的儿女守护着深爱的母亲

是雪，就必须用自己的微小
去铺开一条接天的大路
让那些勇士经由自己去抵达战场
让那些号角经由自己去抵达凯旋！

此刻，虽仍料峭
但我，却看到了寒冬已渐行渐远
而即将迎来春天的祖国
正指挥着一群圣洁的雪花，在飞

他们有的在填平沟渠
有的在抚慰新草

有的借月光的大理石磨刀
有的借西风的集结号铸剑

有的在敲打紧闭的门户
有的在摇醒沉睡的人心

有的在倒下
有的在站起

有的在接过来
有的在传下去

就如同一首乐曲
需要太多各尽其责的音符

一场浩大的雪事
需要太多奋不顾身的雪花！

作为风霜锻造的一部分
雪花有优于万物的冷静

他们不需要火焰般的颂歌
只希望一生都葆有六瓣之美

别说读不懂他们制造的单调风景
是因为，你没有像他们那样洁白过

在这个特殊的时节，他们是那么渴望风
把自己往大地的干涸处吹
往母亲的胸口上吹——

因为，对于旷野，他们就是甘霖
对于萧瑟，他们就是花开
对于黑夜，他们就是晨曦
对于未来，他们就是永恒！

脊 梁

——致敬共和国公安英烈

请给我一片江南的稻菽飘香
借着这种喜悦，重温你最初的梦想
请给我一片塞北的瑞雪飞扬
借着这种辽阔，重温你栉风沐雨的韶光
请给我你的眼神，眼神中深爱的一切
让我温暖，并获得新生的力量
请给我你遍布星光的情怀
让我解读，如同解读浩瀚的海洋

在时间的纬度上，你始终
保持着守望的姿势，就像夜海上的飞鸟
面对苍茫而攥紧的翅膀
你攥紧所有的闪电和风暴
你攥紧梦，就像大海攥着波涛
太阳攥着火种，直到把使命
攥出了汗，攥出了血，攥成了光
直到人们在凝望之中
懂得了什么是忠诚，什么是信仰

默读这一个个陌生又熟悉的姓名
它有多坚硬，就有多柔软

它有多沉默，就有多嘹亮
它缔造过多少传奇，就隐忍过多少炎凉
它抵达时有多么璀璨，它出发时就有多么悲壮

从凉山深处的喋血勇士，到八闽大地的模范群体
从边防哨所的无畏青春，到燕京腹地的大写担当
一个名字，就是一盏灯
蜡炬燃尽，照亮了一座美好的城
一个名字，就是一座桥
巍然屹立，挺起了平安中国的铮铮脊梁

站在你矗立的地方，放眼望去
每一寸土地都镌刻着你的曾经
领受着你用爱铺开的勃勃生机
就像领受一次灵魂的重浴
那深情的土地，那祥和的街巷
都是你用生命滋养出的血脉
都是你的诗，你的歌，你的无限风光

春天，我敬仰的人成了花朵

——再致共和国公安英烈

这个春天，她们再一次推开风雪
推开料峭的窄门，走了出来
她们走了出来，她们开出了自己
没有人不敬畏这样的一片白月光

很难想象，从彼岸到此岸
她们跋涉了多么远的路
越过了多么险峻的关隘
才能完成这样的抵达？

她们是来问候人间的
问候亲人，问候战友，问候爱着的事物
她们深情未熄，柔软的蕊中
有抽象的火焰，有尚未风干的别离

她们也是来给予人间的
像她们活着的时候一样
把清香给静谧的夜晚
把喜悦给绕梁的春燕

把花瓣给远去的河流

把生命给未来的果实
像她们活着的时候一样
把一切能给的，都给出去

光阴的河流记录着
她们给出自己的方式
有的像落羽，有着寂静而平凡的弧度
有的像裂帛，那是血涌出的地方……

但是请你，面对 16000 株花树时
即使明知她们的跌宕
即使很久没有哭泣，也不要流泪
免得引发整个世界的悲声

她们是为天清地明而来的
她们是萤火的孩子，在夜晚发出光亮时
就已经预知了终将渐次飘散
她们甘愿被更多更大的光明所取代

她们选择在这个春天再次盛开
摩肩接踵，多么像战友重聚
她们一起用交错的臂膀与根系
制造着情绪的走势，和春光浩荡

这个春天，它的美德就在于
安排了这样一场遇见

让目光对花开有了一次深情的凝视
让内心对生命有了一次庄严的致敬

此刻，春风正把大地往季节的深处吹
万物都在赶赴盛筵的途中
身为信使，花朵所经历的羁旅
让整个春天都念念不忘

作为巨大的隐喻，阳光之芒
正一一抚过 16000 株花树
并在她们身上刻下圣洁的碑文
——仰不愧于天，俯不怍于人

四月，我走进了春天的内心 (组诗)

——写给"时代楷模"吕建江

访吕建江故居

在太行山下的支沙口村

高大的苦楝树上挂着几枚风干的浆果

四月的风一吹，就宿命地往下落

那些紫燕去了哪里

不复在梁间做巢，石隙间

紫花地丁若无其事地盛开

仿佛一切都未曾发生

这空荡荡的院落

让我怀想当年的吕建江

那个被大山领养的孩子

怀想他穿越那些山路需要多少勇气

怀想他构筑起山一样的品格

需要多少灵魂的石头

走进了春天的内心

你，把岩浆默默藏在体内

仅凭这一点，你这块太行山滋养的石头
就比招摇过市的人们深刻

你表达炽热的方式有多种
从军营到警营，从留村到安建桥
你终生都在不厌其烦地重复着那些细节
并借助那些细节，传递着自己的温度

直到你离开，人们在你的身后翻阅你
竟然有这么多人泪流不止
不是因为悲伤，而是因为走进了春天的内心

朴　素

浮华之中
你是一个以朴素见长的人

因为朴素，你才会在茫茫人海中
制造出不一样的风景
因为朴素，你才能心无旁骛
在并不肥美的土壤里种出春天

因为朴素，你才会夜以继日
向着终点进发
因为朴素，你才能在负重之后
有了轻灵之美

因为朴素，你才会义无反顾地爱着
内心丰盈，光阴安详
因为朴素，你才能抵达生命的极致
弦歌不辍，虽死而犹生

"请多给我几枚党徽"

你终于向组织伸了一次手
索要了几枚党徽，你想让它们
分属于春夏秋冬四套警服，你把它们
小心翼翼地别在警号 007798 的正上方
仿佛这小小的党徽
让你有了大地的坚实，天空的辽阔

春天，你蹲守了一个又一个长夜
那枚党徽，就是赋予你力量的正义之光
夏天，你搀扶起高架桥下的拾荒老人
那枚党徽，就是大雨也浇不灭的希望
秋天，你站在留村小学门前的路口
那枚党徽，就是照亮孩子归途的灯塔
冬天，你跋涉在寒风中
那枚党徽，就是温暖被大雪围困的人们的炉火

就是这枚小小的党徽啊
它让你成为你自己

让你一步步走进了缓缓打开的人心
也让你成为了透明的琥珀，永远的星辰

你正被春风打开

是的，安建桥只是城市的一角
却是你爱的全部，情怀的全部
有的人交游四海，依然是一纸苍白
有的人偏处一隅，却可以满目锦绣

借着春风，打开被你守护的街巷
打开这横平竖直的册页
默读你的每一个脚印
就是默读你写下的隐忍诗行

那潜藏于字里行间的春汛
一次次将我淹没
仿佛我从齐鲁大地赶来
就是为了向你内心的春天致敬
向你身后的繁花致敬

春风，加重了枫桥的分量 （组诗）

一株红枫

我知道一棵树为什么会变红
知道它的执拗缘于血统
烈日之刀、风霜之斧都会加重它的深情

我知道一棵树为什么会变红
知道它身体里的河流多么热烈
翻卷的浪花多么亘古

我知道一棵树为什么会变红
知道它怎样以血液为松油
竭尽所能成为灰烬

我知道一棵树为什么会变红
知道它献出自己的过程
就是因为燃烧而产生光的过程

红枫义警工作站的门前
我仰起头，那些叶片在高处跃动
如果阳光再强烈一些，它们真的

真的会成为旗帜

村民王水芳

他为越语
我为鲁音

为了让我听懂，他摩挲出一张纸
在我面前铺开，边聊边写
写下一个农民的朴素与深邃
写下他心里的热爱，我眼中的敬意

他说，作为一名治保干部
自己每天要做的就是
把人心这眼深不可测的井
一锹一锹地填平

提到家园，他的脸上
有枫溪的清越和欣喜
他弯曲的皱纹是线条，是光阴
是流水冲刷后的河床与黄金

这样的暮春真好
窗外，一只紫燕闪着光
融入天空的高远
眼前，一位农人满头风霜

正从大地深处走来

陈佩英们

是她，不，是她们
让春天呈现馥郁
让秋天呈现金黄

这里是西子的故乡
这些被江南滋养的女人
有水的形态，火的肝肠

白天，她们在熟悉的街巷
运送温情，敬奉光阴
夜晚，也不必担心迷路
她们就是萤火，就是灯盏
有多少夜归的脚步
就有多少被照亮的内心

这些从草木间走出的女人深知
万物有灵
她们应该像光一样存在

香榧树

细叶如羽

有关它的故事，是被一根一根说出的
不用借助四季，借助圆缺
它的光阴自有轮回

多年以来，它把自己视为普通草木
在深山的僻静之所
就着云雾锤炼歌声
在黄昏到来之后站着做梦
在雷电交加之时逆风飞翔

它从不讨好江南的雨水
以寻求枝干的速生
它有意放弃一些捷径
是为了竭尽所能地履行使命的盟约

在枫桥，记下一种名贵的树
与写下一个平凡的人没有什么不同
树有人之品，人有木之心
这些江南的子嗣
一起展开丰富的局部
除了在我心头刻下了化石的纹理
还种下了一片安静的深海

多么像一只母贝

她的春天徐徐开合

那些新蕊、新叶都暗含着潮音
多么像一只母贝

曾经，她接过痛楚，接过磨砺
接过一切命运的赏罚，沉入漫长的孕育
多么像一只母贝

她用一层一层的珍珠质
包裹伤口，耐心地扮靓体内的山河
多么像一只母贝

她隐忍、坚毅，数年成珠
用完满回馈命运的赠与
多么像一只母贝

终于，她捧出了稀世的珍宝
捧出了时间高贵的果实
多么像一只母贝

枫桥是一座什么桥

我说，枫桥是一座木桥
桥身系百年香榧而筑
桥下流水的声音，鱼戏的声音
浓荫里对弈的声音
皆能满足我对田园的一切想象

而这些声音，从来又都不是它们本身

我说，枫桥是一座石桥
它能在没有路的地方成为路
在没有风景的时候制造风景
它的弧度不等于弯曲
时光的冲刷，只会令它越来越坚硬

我说，枫桥是一座人心桥
每一分钟都在借助太阳的照耀积蓄温度
借助春天的景深铺开美
无形中有形，有形中无形
朝着前方，稳稳托起人们的脚步

而那些流水
那些源于大地，去往大海的流水
前赴后继，在经过它时
感到无比幸福

千古声歌在枫溪

婺越驿道边的香榧已是满脸皱纹了
而这里的稻谷很年轻
秋风正举着一把磨好的镰刀
准备接纳这群人类的血亲

九里山的墨梅已开过千度了

而枫溪江水很年轻

为了这有水皆绿，无水不清的福地

它动用了那么多激越的浪花

枫桥肆市的喧嚣已经远去

而这里的人心很年轻

他们专注地擦拭每一扇门楣

让途经此地的人一次次暗生久违的乡情

这就是枫桥

它的晨曦是在一片希望中打开的

它的夕阳是在满目祥和里落下的

这中间的时分，所有的街巷都是光的导流

这就是枫桥

它的炊烟是从慈善的白发中升起的

它的华灯是从年轻人寻梦归来的足音里初上的

这中间的时分，所有的花朵都在献出火焰

一座桥诞下的骨血

世世代代都想成为桥的组成

他们深知，不把自己变成基石

就不会知道一座桥是如何被筑就的

他们相互支撑，相互依偎

贴近彼此的肺腑，他们一起听风雨
经日月，好像不这样
就无法共同完成一座桥所恪守的信条

从枫桥卫士到红枫义警
再到枫桥大妈，我们已经难以说清
是一座桥成全了基石的个体使命
还是基石成就了一座桥的宏大叙事

远远望去，枫桥如碑
雷暴也拿它没有了办法
它已经与枫溪江交相辉映，融为一体
成为古越大地上朴素且坚固的部分

在它的周围
到处都是秋风涂金的草木
云雀的喉咙隐在云间，它在唱——
"临岐莫唱阳关曲，千古声歌在枫溪"

敬爱的乌老（组诗）

——写给"中国福尔摩斯"乌国庆

读乌国庆

乌老，此刻
我在泉城的夜晚读你
窗外，月光正衔起飞鸟
衔起宽广又细微的秋声
风中诸物，因你而莫名生动
月下跋涉的云影
街角发光的路灯
撑起伞盖护佑着雏菊的核桃楸
这一切都像是关于你的
恰如其分的隐喻

乌老，五十多年的星夜兼程
你的路是一部漫漫长卷
每一个章节都各归其位
字里行间，词语安静
而叙述跌宕
那些细节如此完美
完美到令人惊愕

而你是领受者

瀚海无垠，你用舵手的坚毅领受

人世诡异，你用智者的从容领受

日月如织，你用平添的白发领受

风霜如刀，你用陡增的皱纹领受

你领受苦涩，也领受甘甜

你领受艰难，也领受沉醉

乌老，你这部绵延的长卷啊

到底要把我引向哪里

读你，所有的成败得失我都忘了

所有的喧嚣浮华我都丢了

只有头顶的星辰是饱满的诗句

只有透窗的微风是不尽的深情

来吧，敬爱的乌老

茶已备好，让我们秉茗对坐

我要借着这种清香进入你壮阔的激流

和巍峨的光阴

多么像一副手铐

多么像一副手铐

审视这倒刺般的锯齿

像审视时光里的波涛

"咔吧"一声，锁住了半个世纪的戎马史

也锁住了那些虎狼之啸

多么像一副手铐

从此，心无旁骛

一生怀抱河汉，一生怀抱暗礁

从此，你成了一个光的环

暴雨、狂风、鱼群、鸥鸟，都在其间闪耀

多么像一副手铐

俯身于每一个案发现场，你身体的弧度

是对万物的疼爱

这是必然的躬耕

是大地孕育的枷锁之光

多么像一副手铐

永不妥协的硬度，一再沉默

你的背负是靠梦里的渴望说出的

是靠心中的热血说出的

是靠越来越多的果实说出的

多么像一副手铐

你把身体里的钢，还原为火

一下下拍打着虚掩的门户，并且说

出来吧，出来啊

我已经竭尽全力逼退了寒冬

犯罪现场，你的另一片草原

犯罪现场也可以以梦为马
草原之子，有着驰骋的惯性

从爆燃之后的灰烬开始驰骋
从逝去的生命开始驰骋

一路奔袭，你的沿途
只有沙砾，没有桃花

走在无边的荒芜上，你也会流泪
为支离破碎的善良，和东倒西歪的人性

那是整段行程中，你唯一表露的软弱
除此之外，皆为箫声，皆为剑气

你穿行于现场的密林，没有硝烟
却有无形的陷阱与设伏

你是冲锋的勇士，为了消除这一切
必须用信仰的闪电鞭策战马

你是开山的工匠，为了打通最后的暗道
必须让黑暗洞穿自己

你是行游的诗人，为了穷尽所有险峰
必须把自己推向悬崖

你是灵魂的歌者，为了最美的长调
必须胸怀八楞罐牧场的壮阔

敬爱的乌老啊，此刻
泉城的夜晚，因静极而阑珊

你一身戎装，两襟清风
让我感觉满目苍翠

你一壶冰心，映照河岳
让我写到百转千回

你用正步走过青春的中国

——致敬"抗洪英雄"李向群

生于黎母水边

殒于松滋河畔

李向群，你这河流的儿子啊

周身都布满莫测的漩涡

松滋河，是你的埋骨之地

也是你的再生之所

因为你的誓死守护

两岸拥有了太多的丰硕

那些稻谷知道

那些草木知道

它们只有将自己站得笔直

才能挺起你青葱的骨骼

此刻，那座墓碑也正站得笔直

它在替你保持着当年的军姿

日光抚过它的顶端

就像抚过你光洁的前额

来来往往的风翻阅着你

翻阅着 1998 年的那场洪水

和被洪水永远定格的韶华

碑文上的留白令人不停地猜测——

在生命的最后关头

年轻的肉身是怎样同时承载使命与病魔

当疲惫的双眼缓缓关闭

彪悍的雷公和闪电有没有跪下来痛思己过

20 岁的青春，8 天的党龄

一切都像是刚刚吐蕊

你就把芳香全部捧了出来

作为春天的起点，作为永恒的旗帜和长歌

你走后的 20 多年里

有人把你当成一盏灯，用来辨别方向

有人把你当成一团火，用来点燃人心

有人把你当成一味药，用来医治困惑

你的离去，绝不是偶然

你的归来，也绝不是偶然

对于信仰，有关的阐述从无定论

但，这并不妨碍人们在一直追寻它的深邃与辽阔

今又十月，秋风转动着岁月的齿轮

山川之间，到处都是拔节的城市璀璨的灯火

而你，20 岁的青春永远不老

正昂首挺胸，用正步走过青春的中国！

排爆的张保国，也是移山的愚公 （组诗）

他们面前都有一座山

愚公要面对的是一座石山
生于青草和云雾
张保国要面对的是一座火山
生于战争与硝烟
愚公之难在于它高及天宇
张保国之难在于它深入地心

愚公移山用镐用锤用钎
用大刀阔斧的铁器
张保国移山用眼用手用命
用小心翼翼的肉身
愚公之痛来自肩上磨出的血泡
张保国之痛来自手上新植的表皮

他们各自忙碌，开凿着生命的深涧
好在，最后的结局并不虚无
愚公的山被神力的天帝背走了
张保国的山被祥和的灯火覆盖了

他战胜过最高的一座山

张保国战胜过最高的一座山
不是别的，是焦煳状的自己

要想修补被一枚发烟罐烧化了的肉皮
就要先剥下自己尚存的完好肉皮
他眼睁睁地看着医生在他的腋下取皮
再一针一线地缝合到烧伤的部位
直到多年以后，当他抚摸那些褐色的瘢痕
心头依然会涌起地狱的昏暗

他还要一根一根地
掰直已经打不过弯来的手指头
每掰一下，他就在心底惨叫一声
是的，只能在心底惨叫
否则，他就羞于承认自己是一个穿警服的人

甚至，连一根汗毛的复活都那么艰难
这些试图从结痂的土地上
探出头来的青草，一直在抓心挠肝
让他真想在自己的表皮下再纵一把烈火

数月之后，走出医院的那一天
当再一次看到横亘于眼前的大山

张保国竟然重新燃起了开凿的冲动
竟然把刚刚经历的极刑，全忘了

愚公们的意义

他们用汗水点化过的崎岖
已成为道路的雏形
前赴后继的人们
正在将它们修葺得更为平坦

风吹厚土，风吹稻花香
风吹他们焦糖的皮肤
风吹那些高贵和无意识
万物都在渴饮他们储存的甜

光阴的歌者
请聚焦于这些朴素的硬骨头
这桀骜的音符
一定能让中国的耳朵听到精神的奏鸣

所有的故事都不仅仅是一个故事
所有的名字也不仅仅只是一个名字
历史的七月正捧出火热的花束
敬献这群高万仞的人

高原，留下了你青春奔跑的声音（组诗）

——致"中国青年五四奖章"获得者、高原警察阿真能周

你交出了自己

这里的草场还没有绿
它们需要更稠的雨水
这里的格桑花还没有开
它们需要更深的春风
为了这一切，你把高原三十年的恩养
全部交了出来

你先是交出了汗水
这体内的水系，不停奔流
浇灌着神性的草木
你还交出了热血
炭火般的，它的每一次燃烧
都留下了真实的细节与灰烬

最后，你交出了怀里的雄鹰
交出了生命辽远的证词
它高过盘羊，高过红景天
高过吉祥的毡房与炊烟

它甚至高过高原
那随之而来的星辰
终于，替你
在每个人的心头布满了光

定格于马背的阿真能周

我相信，这是一匹战马
一匹不畏生死出入于疆场
用马蹄铁把青草和沙石踏出火星的战马
一声长嘶能让高原震聋了耳朵的战马

只有这样的战马才配与阿真能周在一起
他们般配的样子让我深信
青春是用来完整的
也是用来破碎的，以至于
我闭起眼，他们就奔跑在广袤的草原上
我睁开眼，他们又伫立于低矮的星空下

为什么选择在这里星夜兼程出生入死？
在高原，总有一些事物神秘而圣洁
如果你不为之落泪，不打开感动的出口
便会因为过于震颤而近乎窒息
比如这匹鬃毛飞扬的战马
和马背上年岁正好的阿真能周

你活在爱里

你爱过很多人
吾克基村的谢让扎西
三家寨村的吴永胜
他们的手中，至今还拎着你给的灯盏

你被很多人爱过
拉托，达穷，央金卓玛
他们说起你这位"阿克"，无一不像是
说起耸立的亚克夏雪山

当然，最爱你的还是班么措
你的妻子，她一直站在刷经寺的暮色中等你
任由风吹疼她的瘦骨头
她身边的幼子已深谙悲伤
这一场落在春天的大雪
已经过早地把他变成了一个耐寒的人

世间本无还魂草
可是，在酥油灯前的诵经祈福声里
"你身上布满绿色的标记"
"就像常春藤爬满雕像"

女警笔记（组诗）

押解途中

母亲病危，这是个无法掩饰的现实
手铐在他的腕上，寒光如电
一下下鞭笞着我，来生
定借它一用，牢牢铐住母亲的人间

久侦不破致失眠

夜深了，一万束待发之箭安静了下来
一万匹烈马的鬃毛安静了下来
一万顷莫测的深渊安静了下来
一万种表象安静了下来
而我，心底的大风才刚刚启程

那场大雨

一场电闪雷鸣之中
我扶起被大雨冲倒的老人
扶起一个城市的惊魂

感激这雨，这命里的水
它让我立地成佛

值班，想起故乡

流萤的振翅，如此细碎
像瓟蔓爬上窗棂
像父亲一叉一叉堆高麦垛
像母亲从柴棚中取薪生火
像微风拂过不息的漳河

另一面

你不必奇怪
我眼里微噙的泪水
我，我们，从来都不是坚硬的
与你何其相似，都是春天的一部分

警服与我

相濡以沫这么多年
早已彼此习惯，他说
最爱我们在一起的样子
像是世上至美与至美的叠加

写给自己

写给自己，就是写给寻常巷陌

就是写给寻常巷陌的万家灯火

写给自己，就是写给花朵的微香

就是写给微香里的繁复岁月，和疆域安稳

追逃路上

征途遥远，车载音响里单曲循环着

"在江中斩蛟剑气冲霄

在云间射雕愧煞英豪……"

听着听着，我的腰间

就长出了吴钩，胯下就生出了银鞍

听着听着，就有白虹贯日

我的乌骓正穿越荆棘的丛林

载着我向前飞奔

听着听着，在初春的旷野上

我就变成了一个不顾一切发着光的人

据 枪

为了击中对面的靶心

我必须从脚底开始冷却自己

继而是肢体，是血液，是心脏
我必须从外到里，都变得冷静无比
等同于脱胎换骨

我必须让一朵花
褪去怯懦，褪去柔软
"开得不像她自己"

夜　巡

整个傍晚，我都醉心于这些灯盏
它们渐次亮起，一眨一眨
与我打着招呼，像一些熟稔的亲朋

整个长夜，我都醉心于这条银河
打马而来的春风拂过我
像拂过一团微醺而热切的火苗

一夜蹲守

晨曦慈悲，持续轻抚身边的一切
山石旁的凌霄脉络清晰
颓势的叶子，新结的浆果，全都闪着光

他最羡慕的就是那块山石
是他见过的最为沉默的物种
它不必开口，那些叶子也能懂
它们谨遵一块石头的威严
连枝蔓伸过来的时候，也保持适度的节制

有些虫豸则不然
它们三三两两，沿着坚硬的纹理攀上来
张望，交欢，它也并不责备
这一切，都远比一块石头的使命短促得多

风往上吹，叶片发出细微的诵唱
晨曦又亮了一些
山石又亮了一些
他怀里的枪口又亮了一些
他们一起发着光，蓝的光白的光金的光

在金达莱的故乡 （组诗）

金达莱村

但凡来这里的人
都会情不自禁地想做一株金达莱
以一身素白的契玛，麻布的契玛
土布的契玛，丝绸的契玛
成为它的花瓣
以农乐舞，它令舞
长鼓舞，扎津古格里舞
成为它的摇曳

好像只有这样
才配从图们江奔跑的流水中
还原伽倻琴的节拍
才配从长白山舒缓的长风里
听到阿里郎的歌吟

好像只有这样
才配在金达莱民俗村警务室前大片的阳光下
以坚贞、美好、吉祥的喻体
向守护白衣民族干净内部的人们

深深致意

警犬 AK

AK 是条狗，AK 的眼里只有潘健
在铺满晨光的训练场
潘健"跑步走"，AK 也"跑步走"
潘健"立正"，AK 也"立正"
巡逻路上，潘健对着界碑敬礼
身边的 AK 也跟着神情肃穆
潘健在孤独的巡线路上扯着喉咙唱歌
AK 就摇头晃尾地打拍子

AK 是条狗，它了解图们江水的深浅
却读不懂俗世这条河
不知道爱情对于一个辅警来说
常常暗含难言之痛
它只知道在潘健神情沮丧的时候
悄悄偎过来
它没有人类的语言
只有天地可鉴的金兰之义

从高岭村到大洞村

旺季的棱子芹
你最好开遍针阔混交林的草甸

最好开得大如斗，大如满月
好让这些长久跋涉之人
因为短暂的惊喜而摆脱孤寂

喜欢夜奔的棕熊和青鼬
请收起你们凶猛的本性
并呈现应有的温顺和善意
护佑这些值更的倦鸟一闪一闪飞向高处
飞向必须抵达的使命

图们江水，愿你只负责滋养两岸的落叶松
飞燕草，只负责一衣带水
而不要暴戾地把他们隔绝于险境
愿你向导般举起波光的火把
为所有的暗处打开爱的襟怀

黛青色的界碑
你要站得直一些，再直一些
你不仅要见证身后的热土如何枝繁叶茂
还要见证这些在祖国版图边缘深情行走的人
怎样一步一步走到人心的中央

布尔哈通河

关于这条河流，值得回忆的
首先是一些楼宇的倒影

夜风的吹送下，这些仙鸟的落羽

纤尘不染地抖动

令我这个混沌已久之人

逐渐现出了心形

一条古老河流携带的种子

已在两岸扎下的深根

它们正在用与日俱增的葳蕤

回馈源远流长的母恩

偶有轮滑少年飞速穿行

夜幕下的边城，便滋生出飞翔之意

我踩着波涛的韵律往夜色深处走

果真遇到了一些芦苇

它们用细长的线条

涂鸦出一小片熟悉的墨痕

并渐渐与我心里封存的景致重叠，重叠

使我突然间就有了归乡之暖

红太阳广场

我没有去过海兰河

但我去过红太阳广场

我去的时候，红色的夜幕已缓缓降临

一群着红裙的人正在红色的霓虹下

抖开红色的折扇

我没有去过海兰河

但我去过红太阳广场

在那里，金达莱是红的

人们被卞英花唱醉的脸是红的

沉浸在《红太阳照边疆》旋律中的心跳是红的

从中原到首都，从首都到边城

有河流的地方就有这样的红

有青草的地方就有这样的红

它们呈流淌之势蔓延之势燎原之势

一寸一寸覆盖华夏的肌理

它们从顶端开始红，从根部开始红

它们在白昼里红，在黑夜里红

这火的颜色血的颜色旗帜的颜色信仰的颜色

它们互相交汇，酷似喷薄而出

呈现出野性的东方之美

我没有去过海兰河

但我去过红太阳广场

我与金晖、金泰山两位战友比肩站立

一大片红带着它的激情奔涌而来

把我们瞬间变成了红的一部分

忠诚，被内心反复造访的词 （组诗）

忠诚的材质

冶炼后的黄金，嵌于肉身中
它们不动声色
光芒便穿透了我
我紧闭的喉咙有了表达之欲
代他们吐出它——
一个警察诗人自诩的使命
为此，我反复思量
如何朝着那些幽深的纹理
层层掘进

忠诚的性格

有时，是夜晚的灯火

有时，是白昼的虚门

有时，是长缨在握的厮杀

有时，是轻抚人心的梵音

有时，心爱地把一切抱在怀里

有时，决绝地把所有抛在身后

有时，是天上的一轮圆月

有时，是人间的一场别离

所以啊

有时，是感时花溅泪

有时，又是恨别鸟惊心

忠诚的细节

你拐过街角

有人看到了你眼睫上的细雪

你站在马路中央

有人记下了你背后的汗渍

你转过身，藏起泪水

影子出卖了你抖动的双肩

你仰起脸，一言不发

阳光放大了你内心的喜悦

你，人群中最内敛的一类

心中却隐藏了十万只呼啸的鹰

忠诚的词性

它不是名词

它有电光石火的刹那

飞蛾扑火的瞬间

它不是动词

很多时候，它是墓碑上的姓名

长眠一隅的惊雷

它不是形容词

甚至非词。更像是一座祭坛

不断地被默念，被信奉

人们从这里带走的

不是一个概念，而是一尊图腾

被忠诚照亮

一想到这个词

他们就戎装整齐地列队而来

暮春的落英

被他们的马蹄溅得火花四射

马蹄过处，大路辟开芳香的草木

一个小女孩欢快地俯身捡拾

她鲜嫩欲滴的小手上

那些凋零正肩并着肩

聚在一起，仿佛一点点春风

就能把它们再次引燃

辑 三

时光深处

拜别婆母冯登美（组诗）

荒草满院

吱呀一声，邢家村 116 号的门开了

院落里，久无人迹，荒草

正漫过冯登美搭起的葡萄架

漫过冯登美栽种的蜀葵

向着天空疯长，一丛高过一丛

像是要把冯登美从那里接回来

杏树有灵

那棵杏树也是冯登美的

春天的时候，花朵白晃晃一片，像雪

满树的蜜蜂嗡嗡地唱啊

冯登美就坐在树下面绣鞋垫

她把杏花绣在鞋垫上，把蜜蜂绣在鞋垫上

她一针一线地绣，一针一线地苍老

直到儿孙们慢慢长大

纷纷从故乡启程，奔赴他乡

冯登美深信，不论走到哪里

他们都踩着花的香，蜜的甜

簸 箕

堂屋的一角，它如此安静
没有了冯登美的抚摸，它身上落满了灰尘
多年了，冯登美就是用它
小心翼翼地分拣那些粮食
把它们与稗子分开，与石子分开
就像是把甜与苦分开
把日子与风霜分开，与苦难分开
簸箕把冯登美的手磨出了茧
冯登美的手把簸箕磨掉了皮
她就用布修补簸箕被磨损的地方
戴着老花镜，一丝不苟
尽管，没有什么可以修补冯登美被磨损的部分

木梳上的白发

断齿上，还挂着冯登美的白发
光影中，透出慈祥之意

它重新回到冯登美的鬓边
重新回到斑驳的光阴里
回到鲁北平原开阔的景深中
那里，有庄稼拔节的声音
也有一个妇人的血汗味

有鸡犬隐于暮色
也有一个妇人用炊烟传递的深情
有风雪大于村庄
也有一个妇人像护住幼畜一样护住命运

她的头发就是那样白的
白过棉花，白过炊烟，白过雪

那一刻，我紧握木梳
就像握住冯登美的一部分
我一用力，她的体温
就通过掌心传了过来

那么多的叶子落下来

冯登美走后
那么多的叶子落下来
秋风不肯收手，越过田垄
继续把它们往沟渠的下面推
往枯草的深处推

所有的萌动、青葱、衰老
贫穷、困顿，都被悉数收回
离开了苦抱一生的枝头
像是走出了遍布漩涡的暗河

透过渐凉的初秋
我看见更深的轮回正在路上
来年的新叶，新蕾，环生的险象
和所有神秘的力量，正在路上

此刻，作为宿命里的一环
我，一个深陷怀念的人
感觉没有什么比轮回更深刻、苍凉

一支秸秆站在旷野中

西风带走了秋实，站在旷野中
它的残躯已毫无生机
那逝去的，一切
纷纷生出轻微的涟漪
簇拥着衰草，黄昏

收拾起最后的愁绪
它让自己回归到必然的秩序
偶尔有雁群从平原启程
向南飞，它便出神地凝望
心里想，这世界越来越冷了

它抖落满身的尘土
准备着被付之一炬
一想到那些子嗣

将替代它在来年发出的生机
它是那么动容于自己
平庸的一生

锁　头

掩上门，门环响动的声音
更像是铁在哭泣

黑漆漆的木门前
我又看到冯登美了
她正踮起脚尖，用右边的门环串起左边的门环
再用锁头咔吧一下锁住
锁住了宅院，锁住了春天
锁住了记忆中最温暖的段落

一把锈迹斑斑的锁头前
我们再次陷入了失语
从午后的角度看过去
女儿的面庞酷似冯登美
生命的轮回有如神启
女儿用稚气的臂膀挽起我
就像冯登美用右边的门环串起左边的门环

走在最后的乡土上，我心中默念
冯登美，你看到了吗

我们已经互为关锁，生生不息

被夜雨遮蔽的部分

此夜，只有三种声音
滑过山脊的雷声
屋角的雨声
草际的虫鸣声

它们齐聚窗前
和声里伸出微凉的触角
抚慰我安睡，如果我可以安睡的话

一些词语的闪电
默默地退回到云里，不然
它们会在我的体内引爆新的雷鸣

夜很深，思念很深
我用夜色遮住自己
只有光，才会懂得被黑暗掩埋的滋味

黄　昏

西风遍野，不知还有没有未被吹皱的一池秋水
夕阳满目，不知还有没有未被抚慰的几处雁鸣

黄昏是寡言的母亲
令万物陷入慈悲与安详

山路闻鹧鸪

在异乡的上空听到这样的一声鸣叫
令人顿生恍惚
我置身的山径突然打开了
另一道幽深，久别的事物开始显现

冯登美走后，我
一个随时准备回家的人
从未踏上过真正的归途
只有在这些偶然的遇见里
心，才会蓦地往回走

山风吹来，我用力挺了挺树的腰身
借着晨光抖了抖，又抖了抖
落下几片飞鸟一样的光阴

月过窗棂

月亮升起的时候，蛩声潮水般涌来
嘈嘈切切，像一个村庄的盛筵
这些微弱的生命，在寒霜抵达之前
除了歌唱，还是歌唱

它们挈妇将雏地歌唱，风越紧
它们的歌声就越嘹亮
而寒冷的脚步
并不因它们的弱小，放慢几分

既然该来的必须要来，那就歌唱吧
在尘世之间，用歌唱的形式
接受并爱上这样的日子
稻谷已经到了收割的时候，蒲苇也是

和这些弱小在一起的，还有一些更加弱小的草
风一来，它们就低下去
以柔软的姿态，达成与世界的和解
但低下去，并不代表屈从

对于它们来说，月色是另一种雨水
浇灌着纤细的腰肢，和腰肢下面的硬骨头

在长霜来临之前，它们早已预备好了
平静，坚韧，和无声的火焰

而此时，又是谁佝偻着身子，拧亮一盏灯
拧亮一个小小的庭院
拍打着满身的征尘和别离，向我招手
要我顺着水一样的月光，流回来处去

蜻蜓飞来

贴着堤岸，贴着老榆的沧桑
她们和亡灵化身的花朵们耳语
发出一种诵经般的乐音
有时，也会来到我身旁
让我看清透明的翅膀，以及彼此的孤单

偶尔飘过的乌云，体内的黑纤尘不染
那些云俯瞰着人间，顺便把我
也埋进一种景深，我小成其中的一只
在某个黄昏的瞳孔中，用如蝶的震颤
证明着与她们的骨肉相连

她们一直拒绝向繁华的深处飞
更愿意被那些草木藏起
被泥土藏起，被渐渐亮起来的露水藏起
这卑微的国度，总有什么和灵魂有关
她们彼此相亲，都是村庄的子嗣

父亲不再出海了

不再出海的父亲像一柄赋闲的犁铧

竖在墙角，空荡荡无所依

夕阳照过来的时候有一些朽木的光

他开始原谅那些风浪

那些与他对抗了大半生多次要取他性命的敌人

他开始原谅没有儿子的人生

开始对四个女儿视若珍宝

他放下远方，放下心里的帆

为了待嫁的女儿取出锯子、刨子和墨盒

他在并不宽敞的天井里巧夺天工

经常被飞扬的锯末呛得咳嗽不止

但他没有停下来，他认真打磨每一块木头

去掉上面的毛刺和不平，像对待那些沟沟坎坎

偶尔也会抬起头来眺望，那时

他浑浊的眼睛里总会蓄满曾经的浪涛

平原落雪

偌大的尘世
万物寂静，人畜安详
众神款款，仪式如此盛大
她们侧身走过的样子
恰是一片雪花飘落的优雅
一些声音若隐若现
先是一株小草内心的颤抖
接着是大地根部细密的狂欢

时光深处

窗外的蝉鸣此起彼伏

炫耀着为季节备好的声带

满院的丝瓜花被风偷走了清香

从河的上游漂来的星光

撒满母亲的鬓发

她体态微胖，端坐灶前

在父亲远去的帆影里

手拿梳篦，小心翼翼地为我梳头

小心翼翼地梳理被风雨吹乱的岁月

妈妈，再为我梳一次头吧

八月的雨水，正好经过当年的炊烟

我对水鸟犯下的罪

它们的房子就建在两株芦苇中间
风一来，就一起一伏地飘摇
仿佛河流上的一条小船
静静的，只喜欢跟河水待在一起

父母们总是先于晨曦醒来
去到广袤的田间觅食
儿女们倒也乐得其所
它们一起分享食物，烈日和风雨
欢笑声时常从蓬荜间溢出来
在南岸，处处可见这样的生存

那些日子，我做的最为风光的一件事
就是捣毁那些小房子，用我的童年
摧毁它们的童年，我们一起碎掉
一起成为南岸的一部分

在九间棚，骨头硬于山岩 （组诗）

修路，打死命运的拦路虎

一条路基，需要
削悬崖六米，填山谷七米
需要倾尽村民薄田里的全部收成
这些不算什么，九间棚人就是要
让这些站立的石头倒下去，变成路
变成走出大山的脚步
变成开进村子的车轮

八十年代的修路工具
除了锤、钎、镐、锹和毛驴
还有沂蒙人血液里铮铮作响的铁质
每移走一块石头，他们就像是
打死了一只命运的拦路虎
就像是整个村庄都兴奋得颤抖了一下

一条三十多里的路
九间棚人修了整整五年
他们驯服了坚硬的山峦
消除了自然的敌意

他们流下的汗水，比巨石还重
而他们举起的阳光，是春天的源头

老祖宗选择在山顶安家
子孙们就要选择在山顶创造奇迹
他们要替祖先，摸一摸天空
他们知道，自己手里攥着的才是上上签
所谓英雄，就是祖祖辈辈都没有学会
向命运低头的庶民

如今，这条悬崖上的路
更像是一个时光里的惊叹号
上面行走着玉带似的春风
它们载着腰杆儿笔直的村庄
一起穿过层岩的核心，抵达大地的入口
和繁花的枝头

引水，把渠建在人心之上

十万株雪花梨苗旱死了九万株
而去省城购买大口径输水管的两名党员
却一去不返。刘加五彻底绝望了
他漏风的牙齿，咀嚼到了末日的味道

刘加五一屁股坐到了炮眼儿上
还点燃了引信。他想炸掉

这个老祖宗留下来的穷山头、旱山头
炸掉这具让他恼恨半生的穷皮囊

当乡亲们七手八脚地掐灭引信
把刘加五从炮眼儿上拉下来的时候
他看见了装满输水管的卡车
看见了两名饿得晕死过去的党员

刘加五顿时悔青了肠子
他连夜喊来了亲戚，碎石，开渠
叮叮当当的声音充满了整座山坳
就像是刘加五心中一阵比一阵急切的忏悔声

第二天，整个村庄的人都出动了
大有揭竿而起之势，他们手里的钎锤
肩上的挑担，向着同一个方向进发
一下一下逼退了压在九间棚人心头的乌云

架电，点亮村庄的暮色

一只松鼠在松林和山岩间跳跃
以自己的轻灵嘲弄着几个气喘咻咻的男人
在这条荆棘丛生的山路上
他们抬着重重的电线杆
已经缓慢地移动了十几天

多年了，山村的女人们
在烧黑的灯芯下劳作并老去
那些给予他们骨血的人，和那个村庄
都在承受着命运之重，他们发誓
一定要成为点亮村庄暮色的人

为了爱那些人
他们每天从晨曦中艰难启程
为了爱那个村庄
他们用钢筋水泥摩擦自己的硬骨头
用号子喊出心底的火

现在，他们正沐浴着壮丽的余晖
在热烈的草木间行走着，扭曲着
汗涔涔的脊梁镀满了铜
他们的影子投射下来
大地接纳了这些不屈的雕像

此地使我若有所忆

在这里，有炊烟
让我想起久违的乳名
有夜空，帮我找回失散的星星
有灯盏，让我忆起老屋的慈祥
有酒，替我掏出隐藏的肺腑

在这里，一切使我若有所忆
此时，如果还有雪
临摹出一个人的霜鬓，我想
我真的会坐在光阴的门槛上
守着一大堆鸡犬之声，哭

写给父亲

父亲，你在的时候
鲁北平原的风很长
漳卫新河的水域很宽
数不清的水鸟在上面翻飞
夕阳点燃了它们的羽毛，那些火苗
在幽深的光阴里久久不散

父亲，你在的时候
夜也不黑，丝瓜花金色的灯芯
令我从不迷途
它们顺着篱笆固执地攀爬
有时，会发出窸窸窣窣的声音
像是我的骨骼在一下下拉长

父亲，你在的时候
小船飘摇，尽管风雨不断纠缠
你礁石般的背影
让我们并不那么渴望靠岸
我们手中只有紧握的纤绳
没有弃绝的命运

父亲，你在的时候

仿佛把一切都已安排就绪

包括我。可是父亲

你忽略了表象之下的实质

你的排浪太高了，以至于这么多年

我都无法走出你的大海

我的双肩落满枣花儿

她在一首诗的对面落座

默默地，带出了几缕春风

相比较争春的桃李

她的花儿很细小，细小到无人问津

细小到如一个谎言

她由春天经过，脚下的滩涂泛着白光

除了那些嘤嘤嗡嗡的蜜蜂

没有人在意她心里的蜜

她长不出一枝可供尖叫的枝丫

她寡言的样子像极了一种死亡

直到秋风开始狂欢

直到万物开始速朽

人们才开始惊艳于她结出的宝石

想反哺一回母亲

病在我臂弯里的时候
你多像是一个婴儿
这令我突发奇想，想
用你哺育我的过程
反哺你一回

想领你穿越来时的海
让最大的浪涛打在我身上
让我饱尝咸涩
那些飓风尽管来
最好是吹断我的桅杆
让我也品尝劫后余生的悲欣
尽管如此，我还是会像你一样
满怀深情地眺望
那个沙滩上拾贝的女孩
就像眺望航途中的灯塔

而她，她长大之后
也要用海腥味儿的诗句怀念我
她怀念我时一定也会有珠蚌的眼泪
我则用晚霞，鸥鸟，繁星
用一切周而复始的事物去回馈
我们之间未竟的相拥

枣儿红了

枣儿红了的时候
翅碱蓬也就红了
翅碱蓬红了的时候
河流就会暗下去

枣儿红了的时候
村庄的梦也就红了
村庄的梦红了的时候
秋天就会暗下去

枣儿红了的时候
灶膛里的火苗也就红了
灶膛里的火苗红了的时候
父亲顽固的咳嗽就会暗下去

枣儿红了的时候
我的思念也就红了
我的思念红了的时候
人间的浮华就会暗下去

这是我闭上眼睛就能出现的一幕

多么令人喜悦啊，这金色的小酒杯
她们在鲁北平原的村舍前畅饮
多么令人沉醉啊，这小酒杯里浮起的绿蚁
她们的香气，让沉寂已久的滩涂激动万分

这是我闭上眼睛就能出现的一幕。

在那片只有芦苇和翅碱蓬才可以茂密生长的土地上
我见过油菜花的盛开
也见过她们花期之前的幼芽
和花期之后的种子
也就是说，我见过孤寂的生长
和艰难的孕育，我见过生生不息的命运

所以，我眼里的油菜花与你们不同
它不是风景，是岁月
是音容和背影，是一去不返的光
是失而不可复得的黄金

所以，这么多年了
这仍然是我闭上眼睛就能出现的一幕

我是如此沉迷于你的苍茫

在这里，很想做那个奔跑的少年
在风中放牧满天白云
借滩涂的浩荡延续自己的微小

或者，做帆影中的那个渔夫
面对着一条河流，沉默如火焰
只有夕阳才读得懂他眼里的波涛

抑或，做一只鸥鸟
浑身沾满露水，一边警惕着人类的脚步
一边表达着对河流的深情

做一片月光也好啊，借着夜色
无比轻柔地翻阅芦苇的内心
听它们如何压低嗓音，唱出卑微的和声

其实，我最想做一株翅碱蓬
做一条河流遇见大海时最为悸动的表情
就如同我遇到你时的满脸羞赧，与惶恐

纸上的灯光

我要设计一盏灯光
它必须是寂静的，寂静到
几声犬吠也会使它轻轻颤抖

它必须是昏黄的
一点儿也不刺眼，昏黄得
刚好可以看清一张慈祥的脸

它必须是宽阔的，不仅能容下
幼畜和步甲虫的梦，还能从窄窄的庭院里
溢出来，谁也无法触摸到它的边缘

它必须是辽远的，区别于
窗外的任何一盏，比星光还辽远
千里之外都能看到它小剂量的暖

可是如果，如果没有一轮满月
没有游子趁着月色打马归来
站在夜的人间，它会不会很孤单呢

桃花红

当我被春天带到这里的时候
我就爱上这里了

我爱这里的露珠大如豆
我爱这里的月光皎如银
我爱这里的半亩方塘，方塘里的春水
以及春水里的鸭子和鱼群
它们都是一对白发翁媪的儿女

我爱他们简陋的小房子
一半被新草涂绿，一半被太阳染金
他们絮絮叨叨的样子很滑稽
远山，近水，从前的日子，反反复复
像春风吹了一遍，又一遍

他们的温暖就是我的温暖
他们的孤单就是我的孤单
我只有把自己开得像一团火
使劲往他们的眼前伸啊伸

特 5 路上

从南站到白云路
她一直大着嗓门说话
她说到稻谷，说到玉米
说到它们偃旗息鼓后的生机
说到年久失修的宅院
说到宅院里的老榆，说到雨水
说到乡邻中的韵事，说到思念
她还说到自己的巫山烤鱼店
说到生意兴隆，客喧如沸
她说这些的时候，方言里
突然多出了几分京味儿
我从挤挤挨挨的人群中下车
她也侧了侧身，我清晰地看到
她眼睛里跳荡的火苗，还看到
她把手机从左手换到右手，继续紧紧地握着
像握着一只远方伸过来的大手

石头记

很多人认为这是一块石头
我坚信，他们的表述并不准确
趁着严寒还在路上踟蹰
我必须抓紧时间打磨这块石头

我手里的锉刀和榔头比我更性情
它们更急于向一块石头的内部进发
它们上下翻飞，在一片叮当声中
完成了最为急切的表达

重城之外，已是一片阑珊
我在打磨一块石头
许多叶子像候鸟一样消失了
我在打磨一块石头
一些街巷换上了崭新的招牌
我在打磨一块石头

我也在变老，可是我不能停下来
没有了这些铿锵之音
世界比死亡更可怕
我需要用无数的寂寞来填满它

一些风声提醒着，冬深了
我必须抓紧时间打磨这块石头
我要在第一场冬雪来临之前
把里面的光芒挖出来，像玉一样燃烧

洞　见

视力有些下降
好在，到了不必用眼睛看世道的年纪
此刻，日光虽然潮落般退去
我依然能从迎面而来的人流中分辨出
谁正羞愧于一天的苟且
谁正瑟缩于心头的落雪

我所亲历的瞬间，不胜枚举
它们一起把我变老，变深
先是要关闭我的双眼，接下来
还要关闭我的内心和嘴巴，把我
变成一个守口如瓶的人

再诡异不过的世间
也难不倒一个准备有序的人
此刻，不用眼睛，我也看得见
山，在兀自长茂林
我，在兀自生白发

剑气一说

每个清晨，小广场上
都有舞剑之人，剑走龙蛇
一副道骨仙风的模样
他说，剑术有九重
练至九重者，只需剑气
就可以把树叶逼下来，而非剑锋

此言令我耿耿于心，每次想起
笔端的句子就如同
剑舞当空，日复一日
我感觉自己功力渐佳
于是，天天盼着冬天快些过去
崭新的叶子挂满枝头

示长安君

关上门，就把一路的风雪
关在了门外。草草杯盘，昏昏灯火
又有什么关系呢
你在，我就有我的中天皓月

眼前的酒器，盛满恍惚的旧时光
仿佛你软缎的双足
刚刚踩过豆蔻的细草
微霜就悄悄落满了我们的两鬓

我是个命有不甘的长兄
积贫积弱的年景下，溃堤的河流
稻间的蝗虫，这些黎民的心头之苦
是朝代的，也是我的

一个致力于根除大宋积弊的人
一次次火中取栗，一次次历经焚身之险
但，宦海之地的诡异来风
始终没有吹熄我手中的提灯

这么多年，真的是飘摇如转蓬啊
幸在今晚找到了本根，幸在今晚

可以打开久闭的笼闩
放出心中的囚鸟

我迷恋这样的夜晚
没有一声夜莺的惊扰，这令我们之间的血缘
保留了最为安详的样子
我用诗记下了这一切，并让它在未来不朽

石瓮峪，一樽时代的量杯

过去的石瓮峪

巨大的瓮口向上

夏天，等乌云送来雨水

秋天，等长风送来谷粒

如果这些都不来，瓮就空了

民以食为天啊，无计可施的石瓮峪人

就在无路的绝壁上熬，在无水的旱田中熬

在缺衣短粮的寒夜里熬

如今的石瓮峪

巨大的瓮口向上

白天有满坞炊烟，夜晚有半壁灯火

繁茂覆盖了荒芜，果实吸纳了苦涩

只是，这么多年来，贫穷的经历

让石瓮峪人习惯了用隐忍的语气说话

包括说到柏油路已修到户前

自来水已引进庭院

那种语气，就像是秋阳在叶片间缓缓移位

而温暖已弥漫了古槐的全身

其实，这些细碎的嬗变已经足够

这种平静的幸福已经足够

在中国的版图上，有无数个石瓮峪
这些村庄仿若慈母，用她的前世
为子嗣们刻下了灵魂的胎记
又用今生留住了美丽的乡愁

如果不是春风竖起无形的阶梯
山谷中的石瓮峪该怎么走出那些悬崖？
石瓮峪，如同一只天赐的量杯
又大又准，称量出了时代的分量

在老树峪

我羡慕长在山间的柿子树

它们丰腴，光洁，似风中的火焰

我羡慕遍野凌乱的草木

在大地母亲面前，袒露着质朴的素颜

我羡慕石头砌成的民居

虽然历尽风雨，却仍然温情脉脉

我羡慕时高时低的山路

它们低眉，匍匐，见证着一个村庄的悲辛

我羡慕来去自如的飞鸟

它们采食谷粒，浆果，对田野的恩情深信不疑

我羡慕面庞黑红的农人

他们在阳光下劳作，一生只为稻粮而弯腰

我羡慕那些不问墒情，根植于此的人们

当我读懂了他们与土地在一起时的富足

我便特别想成为他们

成为老树峪的另一根稻谷

借着阳光分蘖，拔节，抽穗，灌浆

并把毕生储存的黄金敬献出来

在春天，我愿意……

你的眼睛，究竟是一面湖水
还是一片晴空？
渴望清澈的人们，没有人不爱那梦幻般的倒影

你的身形，究竟是一节一节长高的紫竹
还是一瓣一瓣打开的风信子？
热爱生机的人们，没有人不心动于你欣欣然的样子

亲爱的，我要用诗意的语言祝福你
祝福你从一株幼芽开始的旅程，一路繁花

我要用明媚的笑脸祝福你
祝福你在雨季来临之时，有不惧的面色

我要用蛙鸣里的月光祝福你
祝福你穿过星夜的旷野，遇见晨曦

我要用新鲜的朝阳祝福你
祝福你心中有光，并且闪耀不止

为此，我愿意成为泥土，呵护着蓓蕾
就是呵护着未来的果实，和越来越甜的明天

我愿意成为母燕，为你衔来幼虫
丰腴你春风的翅膀，和日益辽阔的飞翔

写给土地（组诗）

厚土之上

厚土之上，白头的芦苇

多像是一位母亲

单薄的身影反衬着鲁北平原的开阔

晚霞正一笔一笔，勾勒出她的青衫和云髻

厚土之上，开花的草木

多像是正值青春期的姐妹

面带潮红，躬身劳作

卑微的欢笑是叶间的晨露

鹧鸪声声，正模仿着她们彼此的呼唤

一切都在生生不息

厚土之上，没有悲伤

万物都忙于从一场花事向另一场花事迁徙

厚土之上，也没有真正的死亡

只有从生命到生命的转场

所有生灵经由大地的滋养

出生又老去，老去又新生

比如，蛐蛐是鸣叫的亡魂
兔耳草是乌鹊的前身
厚土之上，大可不必
为自己的往世惆怅
这里的流水是永续的血脉
这里的炊烟从无断绝

果实里隐居着母爱的甘甜

我终于写到了果实
写到了多年来耿耿于心的恩情
它长在人未识的深山
它走过人未知的长路
现在，它静物般陈列于此
呈现出的丰硕使过程发暗
在这空旷的人间
如果你正经历炎凉与孤单
就请吃下它
吃下这厚土给出的元气
吃下母爱的甘甜

你可曾闻过麦花香

我在鲁北平原的小河边见过它
还在刚刚挂果的枣林里见过它
它的细小令人柔软

它细小中涌出的香气
令人沉醉，几乎使人忘了
它也曾沐浴过大雪
也曾有过寒夜里长久的战栗
它用细小的花开证实
卑微才是庞大的母体
我们应该尝试用一朵麦花
喂养心中的执念
并向它根植的厚土深深致意

洒满星光的河流

这泪水与汗水的组合
它们一滴滴汇聚起来的过程
就是繁星汇入银河的过程
它们一路奔袭
吞食浮游物、水藻
也吞食饥荒、贫病
这凡间的流水遍布神性的漩涡

当余晖铺满水面，有人说——
看，全是散落的碎金
也有人说——
不，尽是啼血的杜鹃

红枫的隐喻

它们丛生，呈现出泣血之红
如一群人手持火把
和旧江山对峙，和天空的记忆对峙
哪里来的干云豪情？
秋风试图破译其中的密码
可是，它们躬身的枝条如此缄默
如此忠实于自己
披着日光的织锦
成为人们眼中飘舞的旗帜

被雪照亮的命运

该怎样定义大地上的这场雪
它不是离别的乡愁
也不是围坐的炉火
它是簌簌落下的往事
悄悄堆积的悲欣
泛着寒光的命运

而我们，也绝不是苟活
我们是把冰雪消融并煮沸的茶人

始终有光

厚土之上，向文明递进的轰鸣声中
我依然望得见千年的犁铧
它们翻开的新泥下
蝼蚁正纠缠着祖先的白骨
厚土之上，向灵魂示威的摇滚乐里
我依然听得到远古的磬音
它们不绝于耳
一声声敲击历史的锈迹
何其苍茫，这渐行渐远的背影
何其辽阔，这渐行渐近的未来
总有一盏灯，从岩层深处洇出来
召令人们去开启它的圣光

大地的胴体写满亘古的爱恋

你有母亲的仪态：慈悲，庄严
没有你，夜晚和露水
该从哪里借来灯盏延续光亮
没有你，人们该依托哪一艘生命之舟
驶离深渊和漩涡

所以，你有那么多的子嗣
村庄，城市，飞鸟，山川

皆因你的哺育

生生不息，绵延不绝

那些青草也是你的

它们刚刚涉过春风的关隘

在一岁一枯荣的原上

在笛声幽咽的古道旁

一起构成了大地的起伏

而这一切，都是为了证实

我们与你，已相爱了生生世世

家在大河之畔（组诗）

堰头渡口怀古

在堰头渡口，携包袱的妇人
忧郁地走下木轮马车
锡匠的挑担里装着银色的风雪

饱经沧桑的老船板上
站着几个揖别的人，如果不是生计太难
谁会想到要去跨越这些夺命的漩涡

橹篙敲击流水的声音响起
他们一起渐行渐远
驶进历史的风烟，和落日的余晖

他们执意不再返航
木摆渡船太慢了
满足不了他们似箭的归心

从风中穿越回来的号子声
带着浑浊的激情，他们一路滚滚向前
融入大河的波涛，并奔流到海

日益孤独的渡口
成为人们跨越一条河流的起点
成为一幅长卷上斑驳的印章

而不远处，一座座强健的斜拉桥
早已为那些越来越急切的箭簇
备好了满弓

黄泛区，渐行渐远的修辞

小镇上
除了白发苍苍的老者
已经没有几个年轻人愿意花时间
去诠释这个满面风霜之词

也没有人愿意去追忆
那被大水吞噬的家园
逃荒人褴褛的衣衫，嗷嗷待哺的孩子面前
废墟一样叹息着的母亲

是的，没有时间去追忆
他们正痴迷于一条古老又现代的河流
图腾般的存在
和每一个稍纵即逝的瞬间

痴迷于这条河流的初春

痴迷于芦芽刺破冰河的小小悸动
也痴迷于这条河流的深秋
以及成片芦花临摹出的大雪

他们甚至痴迷于她布下的暗流
和莫测航程
把他们一步步带进湍急的航道
让自己的心跳叠映着波涛的心跳

这一切，多么的浑然一体！
为此，他们愿意成为这条河流的浪花
或沙砾，与两岸越来越多的灯火一起
雀跃着无尽的光，和暖

村庄，啜饮着大河的乳汁

第一朵探头探脑打开的花是大姐
她刚刚爬出大地的子宫
还没有抖落难看的胎衣

首先降临是一种宿命
接下来，她要顽强地接受几场倒春寒
甚至半程人生，都要面对这些无常

可是，一想到随后盛开的
那些杏花、麦花、油菜花

都是她的妹妹，她就幸福起来

一想到她们会遍布村庄、田间
浩浩荡荡，连天空都会发出惊雷的感叹
她就幸福起来

一想到虽然要几经风雨
却能一起啜饮着母亲的乳汁
甘甜的乳汁，她就幸福起来

芦苇记

它们从泥巴里探出身子
像一个个渐渐挺直了腰杆儿的人

那些年，黄河一次次决堤
也没能将它们溺死
只要有一丛活下来
它们就会繁衍生息，诞下一群群小儿孙

脚下厚厚的腐殖质是先辈的躯体
它们从肉身上长出肉身
肩并着肩，组成一支庞大的管弦
风雨一来，就万马齐喑
奏出又一个春天的序曲

如果风雨弱下去
芦苇放缓它的琴声
那些翠鸟、鹊鸭、黑水鸡便开始了歌唱
为什么不歌唱呢？
歌喉，是生命的赋予

它们用一生来爱一条河
它们歌里的甜，足以消解命里的盐

作为一个生于河边的人
我常常从这些卑微的生命中
认出我的乡邻，它们不擅修辞
却是我写下一条河流时
永远不能忽略的部分

车行黄河隧道

车行黄河隧道
等于进入一条河流的身体中
等于进入生命

所有波涛安静了下来
每一次车轮转动都像是
怦怦的心跳

此刻的河流，视角独特

漩涡里的游鱼，泥沙中的草籽
它们都在高处温顺地呈倒立状

大河暂时收敛了她的野性
这更令我心生敬畏
一个时代在地心创立的新美学

车行黄河隧道
还等于行驶在一条河流的叙事中
从巴颜喀拉开始的绵延五千里的叙事

没有比这更为宏大的叙事了
从大禹到王景，从潘季驯到李仪祉
一条隧道，绝不仅仅是一条河流的横截面

在被时光掩埋的时光里
一个民族的汗变成了一条大河的波涛
一条大河的血变成了一个民族的给养

车行黄河隧道，一段道路被甩在了身后
另一段正在前方发着光。走着走着
我竟然把自己走成了一股激流

图书在版编目（CIP）数据

另一种雪 / 苏雨景著. -- 武汉：长江文艺出版社，
2022.12
ISBN 978-7-5702-2812-6

Ⅰ. ①另… Ⅱ. ①苏… Ⅲ. ①诗集－中国－当代
Ⅳ. ①I227

中国版本图书馆 CIP 数据核字（2022）第 123233 号

另一种雪
LING YI ZHONG XUE

责任编辑：谈　骁　　　　　　　　责任校对：毛季慧
封面设计：胡冰倩　　　　　　　　责任印制：邱　莉　　王光兴

出版：长江出版传媒　　长江文艺出版社

地址：武汉市雄楚大街 268 号　　　邮编：430070

发行：长江文艺出版社

http://www.cjlap.com

印刷：湖北新华印务有限公司

开本：880 毫米×1230 毫米　　1/32　　印张：5.625　　插页：4 页
版次：2022 年 12 月第 1 版　　　2022 年 12 月第 1 次印刷
行数：3060 行

定价：58.00 元
